地底アパートの
咲かない桜と
見えない住人

目次

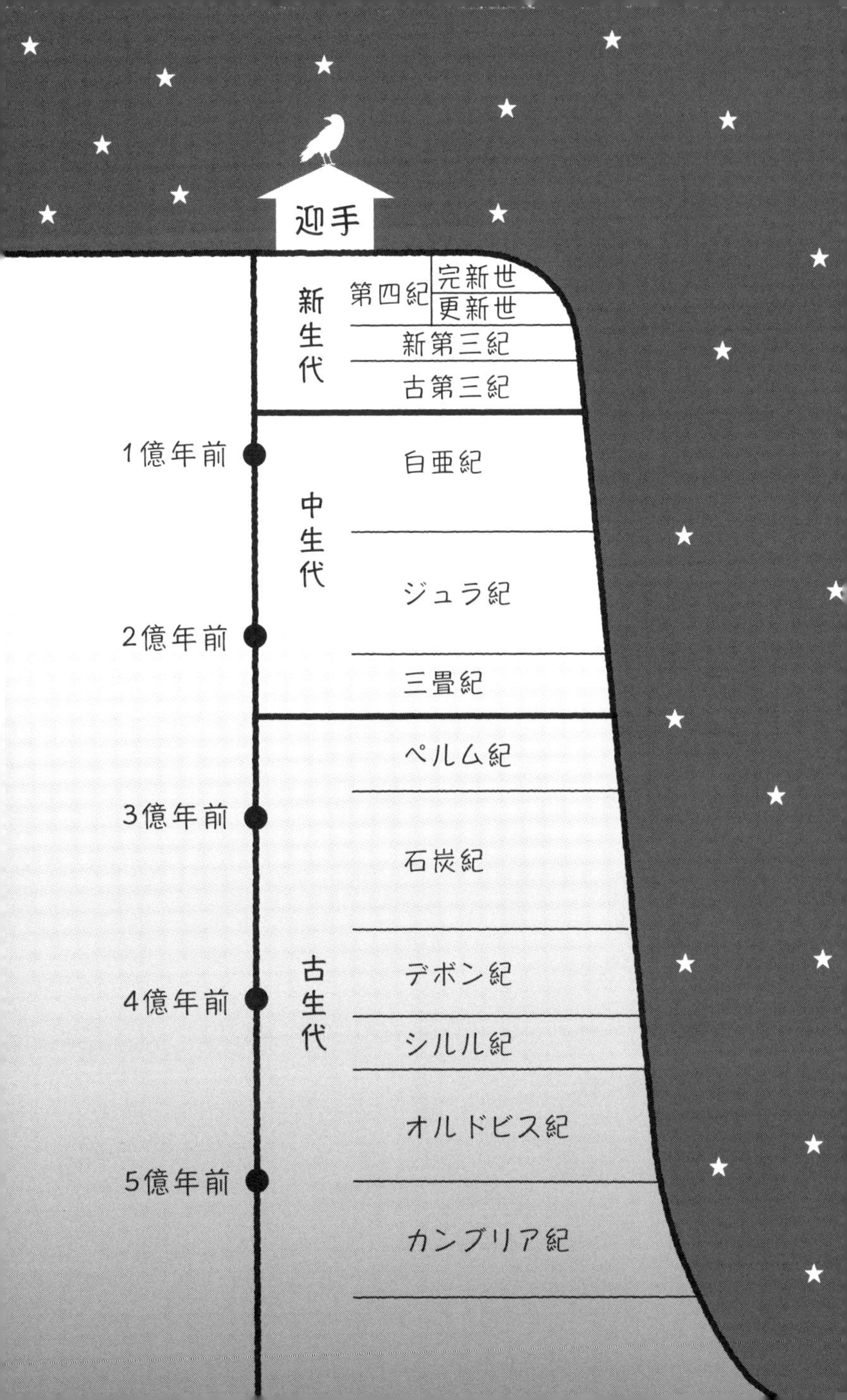

迎手
新生代
第四紀
完新世
更新世
新第三紀
古第三紀
1億年前
中生代
白亜紀
ジュラ紀
2億年前
三畳紀
ペルム紀
3億年前
石炭紀
古生代
デボン紀
4億年前
シルル紀
オルドビス紀
5億年前
カンブリア紀

登場人物紹介

タマ

ヴェロキラプトルの幼体《ようたい》。地底世界から親とはぐれてまぎれこんできた。もふもふ。

MAXIMUM《マキシマム》-β17《ベータセブンティーン》

201号室

通称《つうしょう》マキシ。歴史を変えるために未来から派遣《はけん》されてきたアンドロイド。

加賀美《かがみ》 薫《かおる》

210号室

モデルの仕事もしている大学生。女装《じょそう》すると完璧《かんぺき》にかわいいが、男子。タマの面倒《めんどう》を見ている。

葛城《かつらぎ》一葉《かずは》

202号室

主人公。ネットゲームが大好きな、気のやさしい大学生。地底アパートで一人暮《ぐ》らしを始めたばかり。

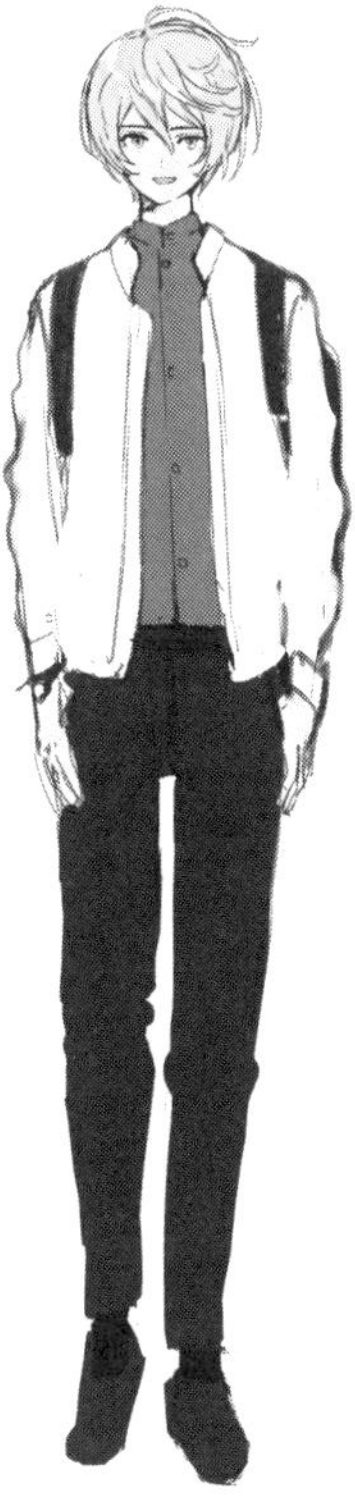

エクサ

住み込みで働く

一葉の大学に来たイケメン留学生。実はマキシとは別の未来から派遣《はけん》されてきた、兵器を搭載《とうさい》したアンドロイド。

ファウスト

アパートの修繕係

かつて名を轟《とどろ》かせていた偉大《いだい》な錬金術師《れんきんじゅつし》でメフィストの相棒《あいぼう》だった。好奇心《こうきしん》が並外《なみはず》れて旺盛《おうせい》。

メフィストフェレス

大家

自称悪魔《じしょうあくま》。雑貨屋《ざっかや》「迎手《ゲーテ》」店長兼《けん》アパート「馬鐘荘《バベルそう》」の大家。地下1階の食堂では毎日母の味を提供《ていきょう》している。

これまでのお話

ゲームばかりしているために家から追い出された大学生の一葉は、妹が契約してくれたアパートに入居した。そこは、自称悪魔の大家メフィストフェレスが、ある目的のために建てた、住居者の“業”によって、地下にどんどん深くなる異次元アパートだった。深度ごとの地質年代の空間が出現し、マンモスや恐竜があらわれる環境や事件にあたふたしつつも、アンドロイドや女装男子、いつの間にか住み着いた錬金術師など個性的な居住者たちといつしか友情をはぐくみ、すっかり順応している一葉なのであった……。

第一話　驚愕《きょうがく》！　チバニアンの暴走《ぼうそう》！

春だ。

外では暖《あたた》かく軽やかな風に桜《さくら》の花びらが舞《ま》い、僕《ぼく》を祝福してくれているはず。

そう、単位を何とか落とさずに、大学二年生になった僕《ぼく》を。

「おはよう、二年生の僕《ぼく》！」

僕《ぼく》が部屋を借りているアパート『馬鐘荘《バベルそう》』の出入口になっている雑貨屋《ざっかや》『迎手《ゲーテ》』の扉《とびら》を開け放ち、春の空気をめいっぱい吸《す》おうとする。

だが、飛び出た言葉はこうだった。

「寒っ！」

扉《とびら》を開いた瞬間《しゅんかん》、木枯《こが》らしが僕《ぼく》を迎《むか》えてくれてしまった。青空だと思った空も、どんよりとした灰色《はいいろ》だった。

「おやおや。春休み中、ずっとゲームをしてたから、春の陽気すら堪《こた》える身体《からだ》になっちゃいましたかね」

雑貨屋《ざっかや》の開店準備《じゅんび》をしていた店主にして大家のメフィストさんは、震《ふる》える僕《ぼく》を鼻で笑いつつやって来た。

「いやいや、そういうレベルじゃないですって。ホントに寒いですから！」

「まあ、四月は少し寒い日もありますしね――って、寒っ！」

メフィストさんは勢《いきお》いよく扉《とびら》を閉《し》める。僕《ぼく》の大学二年生の花道は、一瞬《いっしゅん》にして閉《と》ざされてしまった。

「何ですか、今の。まるで、冬に戻《もど》ったみたいじゃありませんか。あの皹《あかぎれ》の季節の……！」

メフィストさんは、忌々《いまいま》しげに細い指先を擦《さす》る。

「いつも、家事をしてくれて有《あ》り難《がと》うございます……」

僕《ぼく》は一先《ひとま》ず、九割《わり》がたの確率《かくりつ》で美味《おい》しいごはんを、残りの一割《わり》は怪《あや》しげなごはんを作ってくれるメフィストさんに頭を下げる。

「それにしても、やっぱり寒いですよね!?　僕《ぼく》が引きこもり生活で貧弱《ひんじゃく》になったわけじゃないですよね!?」

「カズハ君。私《わたし》の感じた寒さと、カズハ君の感じた寒さが同じとは限《かぎ》りません。我々《われわれ》は、違《ちが》う個体《こたい》ですしね」

「急に哲学的《てつがくてき》にならないで下さい！」

無駄《むだ》に決め顔のメフィストさんに、僕《ぼく》は裏手《うらて》ツッコミをする。

「どうした、カズハ」

迎手《ゲーテ》の奥《おく》の扉《とびら》から、長身金髪《きんぱつ》のイケメンがやってくる。アンドロイドのマキシだ。

「大学に行かないのか？」

「行こうと思ったけど、滅茶苦茶《めちゃくちゃ》寒くて」

「本日の予想最高気温は、平年よりも二度高かったが」

無表情《むひょうじょう》なはずのマキシの顔に、怪訝《けげん》そうな表情《ひょうじょう》が浮《う》かんだような気がした。

「じゃあ、実際《じっさい》の気温を測《はか》ってみてくれよ。温度計の機能《きのう》は——」

「ある」

マキシは即答《そくとう》した。

「あんまり扉《とびら》を開けないで下さいね」

メフィストさんは、店の一角に放り出されていたブランケットに包《くる》まりながら、僕《ぼく》達のやり取りを眺《なが》めている。

「了解《りょうかい》した。では、扉《とびら》を破壊《はかい》しよう」

扉《とびら》に手をかけようとしたマキシが、一歩下がって腕《うで》を構《かま》えた。

「やめて下さい！」とメフィストさんが悲鳴をあげる。

「まったく、一休《いっきゅう》さんじゃないんですから。マキシマム君も一年前と比《くら》べて、随分《ずいぶん》と知恵《ちえ》をつけましたね」

「知恵《ちえ》。物事の筋道《すじみち》を立て、計画し、正しく処理《しょり》する能力《のうりょく》」

マキシはメフィストさんの意図を汲《く》もうとしてか、機械的にその言葉の意味を導《みちび》き出す。

「以前の俺《おれ》には、それが欠けていたということか？」

「いや、より細《こま》やかな判断《はんだん》が出来るようになったってことじゃないかな。今のは、知《ち》恵《え》というよりは頓智力《とんちりょく》だという気もするけど」

僕《ぼく》はマキシにそう言った。

出会った当初よりも、表情《ひょうじょう》がだいぶ柔《やわ》らかくなったような気がする。もしかしたら、マキシの表情《ひょうじょう》自体は変わらなくて、僕《ぼく》にそう見えるだけなのかもしれないけれど、一年間でかなり打《う》ち解《と》けたような気がして、嬉《うれ》しかった。

「そして、小賢《こざか》しくなりました」とメフィストさんが付け加える。

「メフィストさんに言われたくないと思うけどなぁ」

メフィストさんの小賢《こざか》しさは、僕《ぼく》の十九年間の人生の中で、一位二位を争うほどだ。

「まあ、私《わたし》が小賢《こざか》しいか小賢《こざか》しくないかはさて置き」

メフィストさんはマキシの方を見やる。マキシもまた、小さく頷《うなず》くとそっと扉《とびら》を開いた。

ビュウと無慈悲《むじひ》な音を立てて、木枯《こが》らしが迎手《ゲーテ》の中に入り込《こ》む。メフィストさんと僕《ぼく》は、「ひぃぃ」と悲鳴をあげて震《ふる》え上がった。

「……十度」

マキシがぽつりと呟《つぶや》く。

「えっ、摂氏《せっし》十度……？　もっと寒く感じるんだけど」

マキシの計測《けいそく》が間違《まちが》っているとは思い難《がた》い。これは、メフィストさんの引きこもりによる軟弱化説《なんじゃくかせつ》が濃厚《のうこう》になって来た。

だが、マキシは瞬《まばた》きをせずにこちらを見つめながらこう答えた。

「いいや。摂氏《せっし》マイナス十度だ」

「マイナス十度⁉」

僕《ぼく》とメフィストさんの声が重なる。

「それは最早《もはや》、寒いとかそういうレベルではないのでは……」

僕《ぼく》は窓《まど》の外を見やる。

通行人は皆《みな》、冬の装《よそお》いをしている。毛皮のコートに身を埋《うず》めるご婦人《ふじん》や、マフラーで首をぐるぐる巻《ま》きにしているビジネスマンもいた。

周辺の雑居《ざっきょ》ビルの向こうに見える公園の桜《さくら》の木も、すっかり花が落ちていた。それどころか、辺りの街路樹《がいろじゅ》が広げていた新緑の葉もあっという間に弱り、木枯《こが》らしに乗せられていずこかへ飛んで行ってしまった。

「どういう……ことなんだ？」

いくら何でもおかしい。

窓《まど》に張《は》り付きながら、僕《ぼく》は息を呑《の》む。

「解析《かいせき》には時間が要《い》る」

窓《まど》の外の様子をじっと見つめながら、マキシは言った。

「流石《さすが》にこの状況《じょうきょう》だと、魔力的《まりょくてき》な原因《げんいん》がありそうな気がするんですよねぇ。まあ、備蓄《びちく》もあることですし、今日は大人《おとな》しく室内で状況解析《じょうきょうかいせき》をしましょうか」

メフィストさんは、うんうんと頷《うなず》いた。

「それじゃあ、僕《ぼく》も……」

僕《ぼく》は窓《まど》から離《はな》れ、回れ右をしようとする。

しかし、その肩《かた》はマキシにしっかりと掴《つか》まれてしまった。馬鐘荘《バベルそう》に通じる扉《とびら》の前に、メフィストさんが立ちはだかる。

「嫌《いや》ですねぇ。カズハ君は、大学の授業《じゅぎょう》があるじゃないですか」

「で、でも、今日はガイダンスだけだと思いますし……」

「休講《きゅうこう》でないのならば、授業《じゅぎょう》に参加すべきだ」

マキシは上着を脱《ぬ》ぐと、僕《ぼく》の肩《かた》にそっとかけてくれる。その気遣《きづか》いは嬉《うれ》しいけれど、出来ることならば休ませて欲《ほ》しい。

そんな時、メフィストさんが背《せ》にした扉《とびら》が、唐突《とうとつ》に開けられた。間近にいたメフィストさんは、「ぎゃっ」と短い悲鳴をあげながら吹《ふ》っ飛《と》ばされる。

「あれ？　何をしているんだい？」

姿《すがた》を現《あらわ》したのは、ベビーフェイスの爽《さわ》やか男子だった。

「エクサ！」

マキシとは違《ちが》った未来から来たアンドロイドだ。人間に近いということをコンセプトに造《つく》られているので、表情《ひょうじょう》に柔軟性《じゅうなんせい》がある。彼《かれ》ともひと悶着《もんちゃく》あったけど、今やすっかりアパートの仲間である。

僕《ぼく》はすがりつくように歩み寄《よ》り、身振《みぶ》り手振《てぶ》りを使って今の状況《じょうきょう》を説明する。

「摂氏《せっし》マイナス十度？　そんな馬鹿《ばか》な」

エクサは目を丸くした。

半信半疑《はんしんはんぎ》の表情《ひょうじょう》のまま、窓《まど》をそっと開けて手を外に出してみる。

「本当だ……。マキシマム君の観測《かんそく》結果と一致《いっち》するね」

「そう、滅茶苦茶《めちゃくちゃ》寒いんだよ。異常事態《いじょうじたい》だよ」

「確《たし》かに異常事態《いじょうじたい》だ」とエクサは深刻《しんこく》そうに頷《うなず》く。

「講義《こうぎ》どころじゃないよな」

「それとこれとは、話が別じゃないかな」

エクサはさらりと返す。薄情《はくじょう》な人間らしい淡白《たんぱく》さを以《もっ》て。

「これから、俺《おれ》とメフィストフェレスで状況《じょうきょう》を解析《かいせき》しようと思う」

マキシはエクサにそう言った。

「ああ、それが良いと思うよ。ドクトル・ファウストの意見も聞いた方が良い」

「ドクトルには気付かれたくありません」

扉《とびら》に激突《げきとつ》された腰《こし》を擦《さす》りながら、メフィストさんはよろよろと立ち上がる。

「何故《なぜ》。彼《かれ》は変人で変態《へんたい》だけど、聡明《そうめい》な錬金術師《れんきんじゅつし》だ。技術者《ぎじゅつしゃ》としても目を見張《みは》るものがある」

エクサは律儀《りちぎ》に、二つの罵倒《ばとう》に対して二つの賞賛《しょうさん》を乗せる。

「その、変人で変態《へんたい》だから嫌《いや》なんですよ。また、碌《ろく》でもないことを思いつくに違《ちが》いありません」

それについて、抗議《こうぎ》するものは誰《だれ》もいなかった。ファウストさんはエクサが言うように、物凄《ものすご》いひらめきと技術《ぎじゅつ》を持っているけれど、メフィストさんの言うように、碌《ろく》でもなくて厄介《やっかい》だった。

「状況《じょうきょう》を悪化させるようならば、俺《おれ》が足止めをしよう」

マキシは右腕《みぎうで》のロケットパンチを擦《さす》る。

「それ、足止めじゃなくて脈止《みゃくど》めになるんじゃあ……」

僕《ぼく》は恐《おそ》る恐《おそ》るそう言うものの、メフィストさんは「大丈夫《だいじょうぶ》ですよ」と微笑《ほほえ》んだ。

「ドクトルは既《すで》に死んでいるので」

「二度死んだらどうするんですか！」

「僕《ぼく》は彼《かれ》らのメカニズムを完全に理解《りかい》していないけど、彼《かれ》は一度天国に行き、そこから物質《ぶっしつ》世界に戻《もど》って来たのならば、その天国《ヘブン》システムで何とかなるんじゃないかな」

エクサは、不治の病《やまい》である中二病患者《かんじゃ》である僕《ぼく》の古傷《ふるきず》がうずくような名称《めいしょう》をさらりと口にした。

歴史《れきし》に名を残す錬金術師《れんきんじゅつし》であり、同じアパートの仲間として、ファウストさんはそんな扱《あつか》いでいいのだろうか。

「……まあ、いいか。ファウストさんだし」

マキシのロケットパンチも、意外と避《よ》けるかもしれない。あの人は色々《いろいろ》と規格外《きかくがい》だし。

「いずれにせよ、事態《じたい》は深刻《しんこく》だけど、カズハ君が講義《こうぎ》を休む理由にはならない。何故《なぜ》なら、君は状況《じょうきょう》の解析《かいせき》をするのに必要ではないからさ」

エクサはびしっと僕《ぼく》を指さす。

「せ、戦力外通告《つうこく》！」

確《たし》かに、マキシとエクサとメフィストさんと、時々《ときどき》ファウストさんで状況解析《じょうきょうかいせき》を行うとしたら、僕《ぼく》は出る幕《まく》もない。

だが、凍《こご》えるような寒さというのが比喩《ひゆ》ではないこの状況《じょうきょう》で、大学に行きたくはなかった。

きっと、大学の他の連中も同じ気持ちだろう。何なら、教授《きょうじゅ》も来ないかもしれない。

そうだ。大学に行くふりをしてゲーセンに行こう。今日の講義内容《こうぎないよう》は、ゲーセンに来るゲーマーとの交流だ。

あの暖房《だんぼう》が利いた店内で、ぬくぬくしながら対戦ゲームでもやっていよう。

そう決意した僕《ぼく》の首根っこを、ひょいと掴《つか》む者がいた。

「あ、あれ？　エクサさん、何故《なぜ》僕《ぼく》のことを連れて行こうとするんです……？」

エクサはマキシ達と残るはずだ。そう思っている僕《ぼく》に、エクサは不思議そうな顔をした。

「僕《ぼく》も大学に行くから、一緒《いっしょ》に行こうと思って。ガイダンスだけとは言え、そこから学ぶこともあるだろうしね」

「でも、状況解析《じょうきょうかいせき》は」

「僕《ぼく》が外界を分析《ぶんせき》することで、より精度《せいど》の高い結果が得《え》られると考えている。それに、マキシマム君とはペアリングしているから、大学にいても情報《じょうほう》の交換《こうかん》が出来るんだ。わざわざここに残る必要も無い」

「な、仲良しさんかよ……」

僕《ぼく》は冷《ひ》や汗《あせ》がダラダラと滴《したた》るのを感じる。

「でも、寒いと凍結《とうけつ》しちゃうんじゃあ……」

僕《ぼく》がそう言うと、エクサは少しムッとした顔をした。

「失礼な。僕《ぼく》のボディはそんなにヤワじゃない。それに、現在《げんざい》の湿度《しつど》は低いからね。凍結《とうけつ》の心配は無い」

「左様《さよう》で御座《ござ》いますか……」

僕《ぼく》は思わず丁寧語《ていねいご》になる。状況《じょうきょう》を理解《りかい》していないマキシは小首を傾《かし》げるが、悟《さと》ったメフィストさんはニヤニヤと笑っていた。

「カズハ君、観念してガイダンスを受けて来て下さい。ま、豚汁《とんじる》くらい用意して待ってますよ」

「はぁい……」

極寒の外界に勇ましく出掛《でか》けようとするエクサに、僕《ぼく》はなすすべもなく引きずられる。

「気を付けて」

マキシの気遣《きづか》いの言葉を胸《むね》に、掛《か》けてくれた上着にぎゅっとしがみつき、僕《ぼく》はマイナス十度の世界へと突入《とつにゅう》したのであった。


「寒い！」

「そうだろうね」

大学に行く途中《とちゅう》、僕《ぼく》とエクサは、そのやりとりを何度か繰《く》り返していた。

「もうダメだ。寝《ね》る」

「路上で寝《ね》たら、そのまま死ぬよ」

エクサは、路肩《ろかた》でうずくまろうとする僕《ぼく》の首根っこをひょいと摑《つか》み、無理矢理立たせる。

西池袋《にしいけぶくろ》の路地裏《ろじうら》は、いつもならばアジアンでワイルドなお兄さん達が大陸の国々《くにぐに》の言語を交わしつつ、蠢《うごめ》いている。でも、今日はそのお兄さんたちの姿《すがた》もない。

公園で寝《ね》ているゼロ円ハウスのおじさん達は、大丈夫《だいじょうぶ》だろうか。何処《どこ》かで暖《だん》を取れているといいのだが。

「へくしょい！」

僕《ぼく》は思わずくしゃみをしてしまう。すると、飛び散ったはずの鼻水が、氷柱《つらら》となって鼻先にぶら下がった。

「ウワアアアア！」

「氷点下だし、仕方ないんじゃないかな」

エクサはクールに言った。

「いやいや！　もっと驚《おどろ》いてくれよ！　凍《こお》ってるんだよ、鼻水が！」

「あんまり清潔《せいけつ》じゃないし、近づかないでくれるかな」

「そこは、汚《きたな》いってハッキリ言っていいよ!?」

ぐいぐいと近づく僕《ぼく》を、エクサはやんわりと押《お》し戻《もど》す。

「やっぱり帰ろう。第一、人間の身体《からだ》はこんな寒さに耐《た》えられるように出来ていないんだよ！」

「そんなこともないと思うけど。ほら」

エクサは、大通りの方を歩くスーツ姿《すがた》のビジネスマンを指さす。彼《かれ》らは厚手《あつで》のコートに身を包み、マフラーをぐるぐる巻《ま》きにして駅へと向かっていた。若《わか》いお姉さんも、タイトスカートにタイツ姿《すがた》で、カツカツと高いヒールを鳴らしながら修羅《しゅら》の顔で歩いていた。

「あの人達は企業戦士《きぎょうせんし》だから！　地球が滅《ほろ》んでも会社に行く人達だから……！」

「カズハ君も、いずれはああなるんだろう？」

「な、ならないよ！　僕《ぼく》はテキトーなところに就職《しゅうしょく》して独《ひと》り暮《ぐ》らしをするための資金《しきん》を貯《た》めつつ、ゲームの腕《うで》を磨《みが》いてプロのゲーマーになるんだよ！」

「ゲーム廃人《はいじん》になって家を追い出されたと聞いたけれど、君はかなり業《ごう》が深いね」

あのアパート向けだ、とエクサは憐憫《れんびん》の目つきで僕《ぼく》を見る。

「いや、だって、中途半端《ちゅうとはんぱ》に就職《しゅうしょく》したって、どうせまたゲームが原因《げんいん》でやめることになるだろうし」

鼻先にぶら下がった氷柱《つらら》を折りつつ、僕《ぼく》は呻《うめ》くように言った。

「新作ゲームのロケテストの日に、有休をとったりさ」

「有休をとるのは、労働者の権利《けんり》だったはずだけど」

「休ませてくれない会社もあるんだよ。まあ、そういう時は原因《げんいん》不明の高熱が出たり、お腹《なか》を壊《こわ》したりしたことにするつもりだけど」

「それは、確《たし》かにクビになるね」

僕《ぼく》が氷柱《つらら》を道路に放る様《さま》を、エクサはやや遠巻《とおま》きにしながら見ていた。

「ゲームの開発者になる気は？」

「無いよ。作るのとプレイするのは別だって。僕《ぼく》はエンドユーザーでいたいんだよ」

「ふぅん。そういうものなんだね」

エクサは腑《ふ》に落ちたようなそうでないような顔をする。

「無理して自分に合わない道を選んだって、辛《つら》いだけだって。どうせ人生一度っきりだし、好きなことをやらなくちゃ」

「君がそれでいいなら、いいんじゃないかな。僕《ぼく》はまだ、自分の生き方を決められるほどデータを集めていないから分からないけれど」

エクサは肩《かた》をすくめる。彼《かれ》の受け答えは自然過《す》ぎて、つい、アンドロイドだということを忘《わす》れてしまう。だけど、冷静になってみれば、エクサは僕《ぼく》より年下なのかもしれない。

「エクサは、将来《しょうらい》はどうしたいとか、考えたことないの?」

「短期間の計画ならば立てられるけれど、五年、十年後になると難《むずか》しいね」

エクサは話しながらも、大学の方へ向かって歩き出す。道路が凍《こお》っている場所に気付くと、僕《ぼく》に迂回《うかい》を促《うなが》した。

「君達のように同機種のサンプルが多いわけじゃないから、自分の寿命《じゅみょう》も予想出来ないし」

同機種というのは、同じ種族や人種ということを指しているのだろうか。僕《ぼく》は、大通りに張《は》った氷をスタッドレスタイヤでガリガリと削《けず》りながら走るバスを遠目に、エクサの後を追う。

「でも、エクサもマキシも歳《とし》を取らないんだよな。それならば、僕達《ぼくたち》よりも寿命《じゅみょう》が長そうだけど」

「表面上は分かり難《にく》くても、パーツは摩耗《まもう》するから、いずれは動かなくなるさ」

「ファウストさんが替《か》えのパーツを作ってくれる」

僕《ぼく》がそう言うと、エクサは露骨《ろこつ》に顔をしかめた。

「彼《かれ》の規格外《きかくがい》の技術力《ぎじゅつりょく》は大したものだけどね。ああいう、奇跡《きせき》の産物に依存《いぞん》するのはリスクが高過《たかす》ぎる。自然現象《げんしょう》のようなものだと思った方がいい」

最早《もはや》、エクサにとってのファウストさんは、嵐《あらし》とか台風のような扱《あつか》いだった。

「時代は移《うつ》り変わる。人間も世代が変わるのと同じで、機械も変わっていく。寧《むし》ろ、機械の方が、消耗《しょうもう》も変化も大きい。人間は物に比《くら》べて長寿《ちょうじゅ》な方さ」

タブレット端末《たんまつ》が無い時代があった。携帯端末《けいたいたんまつ》すら無い時代もあった。しかし、それらを知っている人間は、まだ生きている。

「うーん。就《つ》きたい職業《しょくぎょう》とかは？」

「特にそういった意欲《いよく》はない。予《あらかじ》め、設定《せってい》されていれば違《ちが》うんだけどね」

エクサは何ということも無いかのように、肩《かた》をすくめた。

「それじゃあ、家族を持ちたいとかは……」

「それこそ、無理難題《むりなんだい》じゃないか」

エクサは呆《あき》れたように言った。

「あ、いや。今は同性婚《どうせいこん》も認《みと》められるようになったしさ、家族を持つって言っても、別に子供《こども》をつくらなきゃいけないってわけじゃないし。パートナーを見つけて一緒《いっしょ》に暮《く》らすんだったら、人間だろうがアンドロイドだろうが、悪魔《あくま》だろうが恐竜《きょうりゅう》だろうが可能《かのう》かなって」

「多様性《たようせい》が認《みと》められているのは有《あ》り難《がた》いことだけど」

エクサは言葉を濁《にご》す。

「子供《こども》もまあ、養子っていう手もあるし。寧《むし》ろ、エクサ達だと、自分で設計《せっけい》したアンドロイドが、僕達《ぼくたち》で言う子供《こども》になるんじゃあ……」

「ああ。後継者《こうけいしゃ》という意味では、後継《こうけい》機種を作ることが子孫を残すことになるかもしれないね」

エクサは納得《なっとく》したように頷《うなず》く。

学校まであと少しだ。しかし、どういうことだろう。僕達《ぼくたち》のように、学校へ向かおうとする人間には全く会わない。

「だけど、僕達《ぼくたち》は創造力《そうぞうりょく》に欠ける。人間の技術者《ぎじゅつしゃ》の力が必要だ」

「そういうものなの？」

「そういうものなんだよ」とエクサは頷《うなず》いた。

「いいかい。創造力《そうぞうりょく》というのは、非常《ひじょう》に高度な技術《ぎじゅつ》なんだ。子孫を残し、文明を築《きず》き、文化を生み出すというのを、君達はいとも簡単《かんたん》にやってのけるけれど、万物《ばんぶつ》が真似《まね》出来ることじゃない」

　エクサは頭を振《ふ》った。

「だからこそ君達は、ここまで繁栄《はんえい》した。そして、未来に僕《ぼく》やマキシマム君のような存在《そんざい》を作り上げることが出来た。君達は、存在《そんざい》そのものが奇跡《きせき》のようなものさ」

「それなら、エクサ達の寿命《じゅみょう》もまた、奇跡《きせき》で延《の》びるかも」

「は？」

　エクサは、僕《ぼく》が何を言っているか分からないといった風に、目を瞬《しばた》かせる。

「ファウストさんみたいに、奇跡《きせき》の産物のような人が現《あらわ》れるかもしれないし、ファウストさんが物質《ぶっしつ》世界に居続《いつづ》けてくれるかもしれない。エクサ達は、何らかの方法で創《そう》造力《ぞうりょく》を獲得《かくとく》出来るかもしれない」

「そんなの、楽観的過《す》ぎる」

「まあ、なるようになるよ。きっと」

　目をそらすエクサの肩《かた》を、ポンと叩《たた》く。しかしその手のひらに、刺《さ》すような感覚が走った。

「冷たっ！」

「僕《ぼく》のボディは今、外気のせいで非常《ひじょう》に低温になってるから気を付けてね」

「それを早く言ってよ！」

手のひらがジンジンする。上着越《ご》しに触《ふ》れただけだというのにこの有《あ》り様《さま》だと、直《ちょく》接触《せっしょく》れたらどうなっていたことだろう。もしかしたら、くっついて離《はな》れなくなってい
たかもしれない。冷凍庫《れいとうこ》を嘗《な》めて、舌《した》が取れなくなってしまった人のように。

「創造力《そうぞうりょく》があっても、想像力《そうぞうりょく》はいまいちだね」

エクサはすっかりあきれていた。

「くうぅ……。ちょっといい話風にしようと思ったのに……」

僕《ぼく》が呻《うめ》いていると、エクサは足を止める。当然、僕《ぼく》の抗議《こうぎ》を聞いてくれる気になっ
たわけではなく、大学に着いたからである。

「ふむ。成程《なるほど》ね」

エクサは納得《なっとく》したように頷《うなず》いた。

僕達《ぼくたち》の前にある正門は、固く閉《と》ざされている。そこには、一枚《まい》の貼《は》り紙《がみ》が掲《かか》げられ

ていて、こう書かれていた。

『本日休校』と。

「えっ」

僕《ぼく》は一瞬《いっしゅん》、その言葉の意味を呑《の》み込《こ》めなかった。

「正門がすっかり凍《こお》っている。確《たし》かにこれでは、休校にせざるを得《え》ないね」

エクサはそう言って、虚空《こくう》を仰《あお》いだ。

「ああ。ホームページに書いてあったよ。先にネットワーク上で確認《かくにん》しておけば良かったね」

端末《たんまつ》も使わずにウェブサイトを確認《かくにん》したエクサは、誤魔化《ごまか》すように舌《した》をぺろりと出した。そんな、加賀美《かがみ》みたいな仕草をするなんて。

「アパートに戻《もど》ろう。ついでに、永田《ながた》君にも教えてあげようか」

エクサは携帯端末《けいたいたんまつ》を取り出すと、SNS《エスエヌエス》で永田《ながた》にメッセージを送る。永田《ながた》からは、すぐに『サンキュー』というスタンプが届《とど》いた。こうして、永田《ながた》は僕《ぼく》のように鼻水を凍《こお》らせながら大学に来る必要が無くなったのである。

「チクショー！　暖房《だんぼう》がついた教室で温まらせてくれよぉぉ！」

僕《ぼく》は人気《ひとけ》の全くない校舎《こうしゃ》に向かって、力の限《かぎ》り叫《さけ》んだ。

余談《よだん》だが、この時流した涙《なみだ》もまた当然のように凍《こお》り、剝《は》がすのにまた苦労したのであった。

朝食の時間が終わった馬鐘荘《バベルそう》の食堂《しょくどう》では、メフィストさんとマキシが真剣《しんけん》な顔で向かい合って座《すわ》っていた。マキシが真剣《しんけん》な顔をしているのはいつものことだが、メフィストさんまで真顔になっているなんて、悪い予感しかしない。

「も、戻《もど》りました……」

「お帰りなさい、カズハ君。良いニュースと悪いニュース、どっちから聞きたいですか？」

「えっ、メフィストさんの悪いニュースって怖過《こわす》ぎるんですけど」

腕《うで》を組んだまま真顔で尋《たず》ねるメフィストさんに、僕《ぼく》は半歩下がった。

「通学したカオルの話によると、気温が低くなっているのはこの辺り一帯のみのようだ」

メフィストさんの流れをぶった切り、マキシが口を開く。

「ああっ、それは良いニュースとして取っておいたのに！」とメフィストさんが悲鳴をあげる。

「良いニュース、なのかな……？　でも、他の地域《ちいき》はちゃんと四月の気候なわけ？」

「ああ。気象庁《きしょうちょう》の発表では、豊島区《としまく》のみ低温警報《けいほう》が発令されている」

「低温ってレベルじゃない気もするけど……」

僕《ぼく》はマキシ達が座《すわ》っているテーブルへと着く。エクサも席に着きながら、こう言った。

「SNS《エスエヌエス》でも、この異常気象《いじょうきしょう》の報告《ほうこく》があがっているね。豊島区《としまく》と隣《となり》の区の境《さかい》でライブ動画を配信している人間も見受けられる」

二つのコップに水を用意して、豊島区《としまく》側だけ凍《こお》るという様子を映《うつ》しているらしい。

他にも、豊島区《としまく》から重装備《じゅうそうび》で出勤《しゅっきん》した人が、豊島区《としまく》から外に出た途端《とたん》、暑さのあまり装備《そうび》を脱《ぬ》ぎ捨《す》てたという話もあるそうだ。中には、ゼロ円ハウスのおじさん達が新宿区《じゅくく》に大移動《だいいどう》しているという目撃情報《もくげきじょうほう》も交じっていた。

「それは何て言うか、奇妙《きみょう》な話だな。どうして豊島区《としまく》だけ」

「豊島区《としまく》には、特異点《とくいてん》がある」

エクサは、マキシと顔を見合わせながら頷《うなず》いた。

「それって、つまり……」

僕達《ぼくたち》の視線《しせん》は、そのままメフィストさんへと向けられる。メフィストさんは、ペロッと舌先《したさき》を出して片目《かため》をつぶった。

「馬鐘荘《バベルそう》のせいじゃないですか！」

「いやはや。業《ごう》が溜《た》まると歪《ゆが》みが大きくなり、その分だけ災厄《さいやく》に見舞《みま》われるものなんですねぇ。人間というのは興味深《きょうみぶか》い」

「人は、豚汁《とんじる》の良いにおいにつられてやって来るかもしれませんけど、その豚汁《とんじる》を作っているのはメフィストさんですからね!?」

僕《ぼく》の声が裏返《うらがえ》る。メフィストさんは、またもや、舌《した》をぺろりと出してかわい子ぶってみせた。この笑顔《えがお》、殴《なぐ》りたい。

「で、一体どんなミラクルが起きてるんだ？」

僕《ぼく》は、ぐったり脱力《だつりょく》しながら問う。

「エクサから得《え》た報告《ほうこく》をもとに、俺《おれ》なりの解析結果《かいせき》が出た」

マキシはそう言った。いつの間にか、データのやり取りをしていたらしい。ペアリングしたとも言っていたし、恐《おそ》らく、ネットとか無線とかWi《ワイ》-Fi《ファイ》とかで繋《つな》がっているんだろう。内緒話《ないしょばなし》をされていたみたいで、何だか寂《さび》しい。

「現在《げんざい》起きている現象《げんしょう》は――」

「現象《げんしょう》は？」

僕《ぼく》とメフィストさんが息を呑《の》む。エクサもまた、マキシの結論《けつろん》に、興味深《きょうみぶか》そうに耳を傾《かたむ》ける。

そんな中、マキシが導《みちび》いた答えは――。

「地磁気《ちじき》の逆転《ぎゃくてん》だ」

「地磁気《ちじき》の……逆転《ぎゃくてん》……？」と僕《ぼく》は目を瞬《しばた》かせる。

「チバニアンですねぇ」とメフィストさんが納得《なっとく》した。

「地磁気逆転《ちじきぎゃくてん》はこういうものじゃないだろ!?」とエクサがツッコミをする。

新生代第四紀《しんせいだいだいよんき》中期更新世《こうしんせい》。地球には地磁気《ちじき》というものがあり、それによって磁石《じしゃく》がS《エス》極とN《エヌ》極を指すのだが、その頃《ころ》に、それが逆転《ぎゃくてん》していたのだという。諸々《もろもろ》の影響《えいきょう》によって雲が増《ふ》え、日照時間が減《へ》ることによって氷河期《ひょうがき》が到来《とうらい》するなどの気象《きしょう》変動が起きた可能性《かのうせい》があるのだという。

「だからと言って、安直に寒くなるのは解《げ》せない……」

エクサは頭を抱《かか》える。たしかに、日照時間云々《うんぬん》という過程《かてい》をすっ飛ばして寒くなっているし、地球規模《きぼ》の気象《きしょう》変化があってこそ成り立つものだろう。

「まあ、確認《かくにん》してみましょうか」

メフィストさんはそう言って席を立ち、いずこからか方位磁針《じしん》と地図を持って来る。

「この地図の、この辺りが豊島区《としまく》です。アパートがここで、駅がこちらなので、向きはこうなのですが……」

地図を実際《じっさい》の向きに正したメフィストさんは、その上に方位磁針《じしん》を置く。

すると、N《エヌ》極が南を指し、S《エス》極が北を指した。

「ええ!?」と思わず声をあげる。

「本当だ……」

エクサまで息を呑《の》んでいた。

「地磁気《ちじき》逆転《ぎゃくてん》は分かった。しかし、中期更新世《こうしんせい》以外にも地磁気《ちじき》が逆転《ぎゃくてん》している時代があっただろう?」

エクサは、不思議そうな顔でメフィストさんを見やる。

「そうですが、諸々《もろもろ》を考えると、中期更新世《こうしんせい》が怪《あや》しいんですよねぇ」とメフィストさんは意味深に言った。

「いずれにせよ、この場所が原因《げんいん》で豊島区《としまく》の地磁気《ちじき》のみ逆転《ぎゃくてん》し、イレギュラーな気候変動が発生している。このままでは、カズハが大学に行けない。早急に対策《たいさく》を練る必要がある」

マキシは淡々《たんたん》と言った。

「えっ、僕《ぼく》の大学優先《ゆうせん》!?　いいよ。休講《きゅうこう》だったらゲームするし」

「大学には授業料《じゅぎょうりょう》を払《はら》って通学しているのではないのか？」

マキシの真《ま》っ直《す》ぐな瞳《ひとみ》が僕《ぼく》を責《せ》める。反射的《はんしゃてき》に、「すいません」と謝《あやま》ってしまった。

「私《わたし》も、善良《ぜんりょう》な豊島区民《としまくみん》である以上、この状況《じょうきょう》は見過《みす》ごせませんしねぇ」

メフィストさんは尤《もっと》もらしい顔でそう言った。

「そもそも、原因《げんいん》はメフィストさんの作ったアパートなんですけど」

「ほらほら、調査《ちょうさ》に行って下さい。中期更新世《こうしんせい》が怪《あや》しいんでしょう？　その地質《ちしつ》年代に行けば、何か分かるかもしれませんよ」

メフィストさんは僕《ぼく》を促《うなが》す。

「ちょ、待ってください。行くのは僕《ぼく》ですか？」

「だって、若《わか》くて元気がありますし」

「元気だけで選ばないで下さい！」

「俺《おれ》も行こう」

マキシは間髪容《かんはつい》れずにそう言った。僕《ぼく》はマキシに後光を幻視《げんし》する。

「それじゃあ、僕《ぼく》は残るよ。外界の情報《じょうほう》をもう少し入手したいしね。念のため、区の境界《きょうかい》のデータも取ってこよう」

エクサはそう言って立ち上がる。

「凍結《とうけつ》と結露《けつろ》に気を付けろ」

「有《あ》り難《がと》う。君もね」

マキシの忠告《ちゅうこく》に、エクサが応《こた》える。

「凍《こお》ったところにお湯をかけると、お湯が凍結《とうけつ》するので気を付けて下さいね」

「そんな愚《おろ》かなことはしないよ」

メフィストさんの忠告《ちゅうこく》に、エクサは鼻で笑った。僕《ぼく》の実家では、雪が積もった時に、お湯で雪を溶《と》かそうとしてスケートリンクを作ってしまったので、全く笑えなかった。

「それにしても、中期更新世《こうしんせい》っていつだっけ」

「七十七万年前から十二万六千年前だ」と、僕《ぼく》の問いにマキシが即座《そくざ》に答える。

「新生代《しんせいだい》だから、結構《けっこう》最近だな。まあ、恐竜《きょうりゅう》時代に比《くら》べればって感じだけど」

僕《ぼく》は、馬鐘荘《バベルそう》にやって来た日のことを思い出す。あの時は、マキシとともに氷河期《ひょうがき》の世界へと赴《おもむ》いたっけ。

「あの時の扉《とびら》から行けば着くのかな。でも、扉《とびら》はもうなくなったんだっけ。今はどうなってたかな……」

「大丈夫《だいじょうぶ》だ、問題ない！」

ガターンと大丈夫《だいじょうぶ》でも問題なさそうでもない音をさせながら、天井《てんじょう》の排気口《はいきこう》のフィルターが吹《ふ》っ飛んだ。

「話は聞いたぞ！」

排気口《はいきこう》から滑《すべ》り落ちて来たのは、ゲルマン系《けい》イケメンのファウストさんだった。何故《なぜ》か、いつもの作業着ではなく、忍者装束《にんじゃしょうぞく》で。

「出ましたね、ロクデナシ！　部屋でロクデナシな研究に没頭《ぼっとう》していると思ったら、こんなところにロクデナシな格好《かっこう》で潜《ひそ》んでたなんて！」

メフィストさんは三回ロクデナシと言いながら、調味料として置いてあった塩を引《ひ》っ摑《つか》み、瓶《びん》ごと投げつけた。

「甘《あま》い、火遁《かとん》の術《じゅつ》！」

ファウストさんは懐《ふところ》から取り出した小さな火炎瓶《かえんびん》を投げつける。哀《あわ》れな食塩は、両者の間で爆発《ばくはつ》して飛び散った。

「ぎゃー！　せっかく掃除《そうじ》をしたのに！」

メフィストさんが悲鳴をあげる。ファウストさんは、爽《さわ》やかな笑顔《えがお》で親指を立てた。

恐《おそ》らく、この後に石抱《いしだ》きの刑《けい》に処《しょ》されるのだろう。

「な、何なんですか、その格好《かっこう》」

僕《ぼく》は、遠巻《とおま》きにしながらファウストさんに尋《たず》ねる。

「ああ。最近はニンジャにハマっててな。忍《しの》びなれども忍《しの》ばずに、シュシュっと参上するのがカッコいいいな！」

「忍《しの》んで下さい！」

何に影響《えいきょう》されているのか知らないが、史実《しじつ》の忍者《にんじゃ》でないことは確《たし》かだ。

「ファウスト」

マキシがファウストさんの名を呼《よ》ぶ。

「問題ないとはどういうことだ」

脱線《だっせん》しかけた話が元に戻《もど》る。マキシはこのハチャメチャなアパートの良心だ。

「ああ。俺《おれ》が設置《せっち》した扉《とびら》から、チバニアンの時代に行くことが出来る。更新世《こうしんせい》に通じる扉《とびら》は元々《もともと》設置《せっち》していたんだが、チバニアン発表の記念に、ピンポイントで行ける扉《とびら》を作ったんだ」

ファウストさんは得意顔《とくいがお》で言った。

中期更新世《こうしんせい》には、元々《もともと》名前がついていなかった。しかし、千葉県市原市《いちはらし》の養老川沿《ようろうがわぞ》いにこの時代の地磁気《ちじき》が逆転《ぎゃくてん》した地層《ちそう》が発見されたため、チバニアンと名付けようと国際《こくさい》学会が検討《けんとう》するようになったのだ。

その時の記念に、ファウストさんは該当《がいとう》フロアに地底世界へと繋《つな》がる扉《とびら》を作ったらしい。

「初耳ですよ、ドクトル。大家に黙《だま》って横穴《よこあな》をポコポコと掘《ほ》らないで下さい」

メフィストさんは、爆発四散《ばくはつしさん》した食塩を片付《かたづ》けながら、ファウストさんをねめつける。

「メフィストに言ったら、止められると思ってな」

ファウストさんは胸《むね》を張《は》りながら、無許可《むきょか》で掘削《くっさく》した動機を堂々《どうどう》と語った。

「今度、ドクトルのコロッケにタワシを交ぜてやりましょう……」

メフィストさんは、舌打《したう》ちまじりに恐《おそ》ろしいことを言った。

「まあ、何はともあれ、チバニアンには行けるから安心してくれ！　他の時代と比《くら》べて、若干《じゃっかん》、不安定だがな」

「若干《じゃっかん》……」と僕《ぼく》は不安を露《あらわ》にする。

「なぁに、俺《おれ》もついて行くさ。それならいいだろう！」

余計《よけい》に心配です、という言葉が喉《のど》から出かかる。しかし、マキシが答える方が早かった。

「そうだな。ファウストが接続《せつぞく》したのであれば、本人がいた方がより正確《せいかく》な情報《じょうほう》を得《え》られるだろう」

「マキシマムさん!?　許可《きょか》しちゃうんです!?」

僕《ぼく》は思わず敬語《けいご》になる。

「戦力的には問題無いはずだが」

「寧《むし》ろ、僕《ぼく》を戦力から抜《ぬ》いて頂《いただ》けると有《あ》り難《がた》い気も……」

「カズハは数々《かずかず》の苦難《くなん》を乗り越《こ》えている。謙遜《けんそん》する必要はない」

マキシはぽむ、と僕《ぼく》の肩《かた》を叩《たた》く。機械の手のひらなのに、それは優《やさ》しく、温かかった。

「マキシ……」

「よし。カズハ君も行く気になったことだし、出発しようではないか！」

「あっ、上手《うま》く良い雰囲気《ふんいき》に丸め込《こ》まれた気がする！」

意気込《いきご》むファウストさんを、メフィストさんとエクサは一歩引いたところで見守っていた。マキシの評価《ひょうか》は嬉《うれ》しいけれど、ここは役立たずの烙印《らくいん》を押《お》して欲《ほ》しかった。

こうして、僕《ぼく》はマキシと、何故《なぜ》か忍者装束《にんじゃしょうぞく》を脱《ぬ》がないファウストさんとともに、中期更新世《こうしんせい》の地底世界へと向かったのであった。

中期更新世《こうしんせい》と言えば、マンモスの時代だ。

また凍《こお》り付いた世界なんだろうか。そう思いながら、僕《ぼく》はファウストさんの後について行く。

案内されたのは、以前、マキシとともにやって来たフロアよりも少し下ったところだった。

「ここだ」

ファウストさんは得意顔《とくいがお》で、廊下《ろうか》の突《つ》き当《あ》たりにある扉《とびら》を示《しめ》す。

そこにあったのは、ベニヤ板でこしらえられた、扉《とびら》と言うにはあまりにも貧弱《ひんじゃく》な存《そん》在《ざい》であった。

「すごい……。突貫《とっかん》工事過《す》ぎる造《つく》りだ……」

「はっはっは、任《まか》せたまえ！」

「褒《ほ》めてないですから！」

一応《いちおう》、ドアノブも付いているものの、力を入れて引《ひ》っ張《ぱ》ったら取れてしまいそうだ。

「よし、行くぞ！」

ファウストさんは、意気揚々《いきようよう》とノブを引《ひ》っ摑《つか》む。開けた途端《とたん》、ドアノブが外れてしまうというビックリ展開《てんかい》にならないことを切実に祈《いの》った。

そんな僕《ぼく》の前に、マキシが立ちふさがる。

「予測不能《よそくふのう》な事態《じたい》が発生する可能性《かのうせい》がある。カズハは俺《おれ》が守る」

「マキシ……」

マキシの背中《せなか》が頼《たの》もしい。最早《もはや》、気分はナイトに守られるお姫《ひめ》さまだ。姫《ひめ》ポジションは本意ではなかったけれど、マキシが守ってくれるのならば、姫《ひめ》だろうがナイトの馬だろうが何にでもなろう。

ファウストさんは用心深さの欠片《かけら》も見せずに、ベニヤの扉《とびら》を開け放った。

その瞬間《しゅんかん》、冷気が中から溢《あふ》れ出す。

「あ、あれ？」

と思ったが、凍《こご》えるような空気は漂《ただよ》ってこなかった。

寧《むし》ろ、風は涼《すず》しいものの空気はほのかに暖《あたた》かく、過《す》ごし易《やす》い気候だ。本来、僕《ぼく》はこの気候に包まれながら、大学へと通う予定だった。

「おかしいな」

「従来《じゅうらい》の気候よりも温暖《おんだん》だ」

ファウストさんとマキシは、即座《そくざ》に異変《いへん》に気付いた。

遥《はる》か天井《てんじょう》から、ぼんやりとした光が降《ふ》り注いでいる。岩肌《いわはだ》の壁《かべ》を覆《おお》い尽《つ》くすように、深い緑色の葉が、そよ風に揺《ゆ》れてざわめいていた。

「この時代の植物ではない」

マキシは鋭《するど》く言った。

木々《きぎ》の向こうからは、何らかの動物の声が聞こえる。しかし、その中にマンモスのものらしきものは聞こえない。

「鳴き声から、種族の特定は？」

ファウストさんは、植物を採集《さいしゅう》しつつマキシに尋《たず》ねる。

「実在《じつざい》する古生物のデータがない。飽《あ》くまでも、人間が想像《そうぞう》した古生物の鳴き声から一致《いっち》させることになるが」

「それでいい。何が居《い》そうだ？　夕飯にはなりそうか？」

ファウストさんの目的は、夕飯の調達になっていた。

「いや。大型獣脚類《おおがたじゅうきゃくるい》の鳴き声を観測《かんそく》した」

その言葉に、僕《ぼく》とファウストさんは目を丸くする。

「えっ、獣脚類《じゅうきゃくるい》って、恐竜《きょうりゅう》だよね」

「ああ。ティラノサウルスなどが含《ふく》まれる。小型《こがた》だが、タマも獣脚類《じゅうきゃくるい》だ」

ヴェロキラプトルの幼体《ようたい》であるタマを思い出す。二足歩行でシュッとした、肉食の恐竜《きょうりゅう》が含《ふく》まれるのだろうか。

マキシの表情《ひょうじょう》が、僅《わず》かに怪訝《けげん》そうになったように見えた。その気持ちは、痛《いた》いほどに分かる。

「恐竜《きょうりゅう》が生きてたのって……」

「中生代《ちゅうせいだい》だな」

ファウストさんが答える。つまりは、このフロアよりもずっと下の地底世界にいるはずの生き物だということだが。

「一体どうして……」

「確《たし》かめてみるしかないな。面白《おもしろ》くなって来たぞ」

ファウストさんは目を好奇心《こうきしん》に輝《かがや》かせながら、先陣《せんじん》を切って進もうとする。僕《ぼく》は逃《に》げ腰《ごし》になりながら、マキシのジャケットの裾《すそ》にすがりつきつつ先へ進んだ。

「大型《おおがた》の獣脚類《じゅうきゃくるい》だったら、遭遇《そうぐう》したら危《あぶ》ないんじゃあ……」

「大丈夫《だいじょうぶ》。こちらにはマキシマム君もいる。今回は海の上じゃないから、問題ない」

ファウストさんは、背《せ》の高い茂《しげ》みを掻《か》き分けながら、びしっと親指を立てた。

「確《たし》かに。行動が制限《せいげん》される要素《ようそ》はない」とマキシも頷《うなず》く。

「でも、何が出るか分からないのに……」

「安心したまえ。俺《おれ》もいる。今回は忍者《にんじゃ》の秘密《ひみつ》道具もあるしな」

不安要素《ようそ》でしかないファウストさんは、更《さら》なる不安要素《ようそ》で畳《たた》みかける。

「忍者《にんじゃ》の秘密《ひみつ》道具って……」

先ほどの、火遁《かとん》の術《じゅつ》と称《しょう》した火炎瓶《かえんびん》だろうか。胡散臭《うさんくさ》いものを見る目の僕《ぼく》に、ファウストさんは更《さら》なる秘密《ひみつ》道具を取り出してみせた。

「こんなのもあるぞ。黒曜石《こくようせき》を削《けず》って作った、矢じりだ！」

「原始人の道具ですよ⁉」

艶《つや》やかな漆黒《しっこく》の矢じりを構《かま》えるファウストさんに、僕《ぼく》は声を裏返《うらがえ》してツッコミをする。

「そして、先端《せんたん》には俺《おれ》が調合した毒薬《どくやく》を塗《ぬ》ってある」

「それ、忍者《にんじゃ》の技術《ぎじゅつ》じゃなくて錬金術《れんきんじゅつ》の一環《いっかん》ですよね⁉」

「ファウスト印《じるし》の毒団子《どくだんご》もある」

「それは、未来から来たアンドロイドの俺《おれ》が持つべきでは？」

猫型《ねこがた》ロボットネタを引きずっているのか、マキシは真顔で話に割《わ》り込《こ》む。

「お、マキシマム君も忍者《にんじゃ》になるか」

ファウストさんは、嬉々《きき》として毒団子《どくだんご》をマキシに渡《わた》す。あまりにも緊張感《きんちょうかん》が無くて、最早《もはや》、何をしに来たのか分からない。

「そんなことしてて、獣脚類《じゅうきゃくるい》に襲《おそ》われても知らないぞ……」

と言っても、ファウストさんとマキシならば何とかしてしまうのだろう。若干《じゃっかん》の疎《そ》外感《がいかん》を覚えつつ、僕《ぼく》は先に進もうとする。

辺りは木々《きぎ》が取り囲《かこ》み、ちょっとした森だ。当然のように道はなく、腰《こし》まで覆《おお》ってしまうほどの草を掻《か》き分けて進むしかない。

背《せ》の低い樹木《じゅもく》やむやみに大きな葉っぱのせいで、視界《しかい》が悪かった。しかし、相手が大型《おおがた》の恐竜《きょうりゅう》ならば、僕《ぼく》らはこれらに隠《かく》れて目を欺《あざむ》くことは出来るだろう。

そう思いながら低木の葉っぱを避《よ》けた、その時だった。

ブーンという低音が近づいて来る。気付いた時には、巨大《きょだい》なシルエットが顔面に迫《せま》っていた。

「うわあああ！」

僕《ぼく》の悲鳴が森に響《ひび》き渡《わた》る。

ぎょろりとした複眼《ふくがん》に、透《す》き通った翅《はね》、そして、ひょろりとした三対《つい》の脚《あし》には見覚えがある。飛び出して来たのは、巨大《きょだい》なトンボだった。

「メガネウラだ！」

ファウストさんの嬉々《きき》とした声が聞こえた。昆虫《こんちゅう》が大好きな少年の顔をしているに違《ちが》いない。

しかし、僕《ぼく》はそれどころではなかった。

「ひぃぃぃ、取ってぇぇぇぇ！」

メガネウラの昆虫《こんちゅう》にしては大き過《す》ぎる脚《あし》が、僕《ぼく》の顔面を捕《とら》えて放さない。脚《あし》の先についている鉤《かぎ》の部分が、地味に痛《いた》い。

「カズハ、しっかりしろ」

マキシがメガネウラを引っぺがす。止まり木を失ったメガネウラは、マキシが手を離《はな》すと同時にいずこかへ飛んで行った。

「ううう……。虫を怖《こわ》がる女子の気持ちが分かった気がする……」

「他人の気持ちを知るというのは良いことだ」とマキシは諭《さと》すように言った。

「でも別に、虫を使った悪戯《いたずら》をするわけじゃないし、分からない方が良かったかも……」

ホールドされた部分がチクチク痛《いた》い。ついでに、トンボに止まられる枝《えだ》の気持ちも分かった気がする。枝《えだ》に気持ちがあるかはさて置きとして。

「それにしても、メガネウラがこんなところにいるなんて。あいつは、恐竜《きょうりゅう》が生まれる前にいなかったっけ」

「古生代石炭紀《こせいだいせきたんき》末期だな」

マキシは、間髪《かんはつ》を容《い》れずに答えてくれた。

「もっと下層《かそう》にいるはずだ。ここにいるべき古生物じゃない」

飛んで行くメガネウラを名残惜《なごりお》しそうに眺《なが》めながら、ファウストさんもそう言った。

「一体、どうして……」

「異常事態《いじょうじたい》が起こっているのは確《たし》かだな。馬鐘荘《バベルそう》というよりは、ここの地質《ちしつ》年代に問題があるのかもしれない」

ファウストさんは腕《うで》を組んで考え込《こ》む。こうして真面目《まじめ》な顔をしていると、いかにも伝説の錬金術師《れんきんじゅつし》といったオーラを出していた。

しかし、それも数秒ともたなかった。

大地を揺《ゆ》るがす、足音が聞こえたからだ。

「わわっ、なんだ⁉」

葉の隙間《すきま》から僅《わず》かに見えていた天井《てんじょう》が、影《かげ》で覆《おお》い尽《つ》くされる。木々《きぎ》の枝《えだ》がバキバキと音を立てて落ちていった。

「こ、これって……」

木々《きぎ》の間から顔を出したのは、僕達《ぼくたち》よりもはるかに大きな恐竜《きょうりゅう》だった。二足歩行で、ティラノサウルスよりもすらりとしていて、前脚《まえあし》も比較的《ひかくてき》しっかりしている。

「アロサウルスだ」とマキシは答えた。

「中生代《ちゅうせいだい》ジュラ紀《き》後期に繁栄《はんえい》した大型《おおがた》肉食恐竜《きょうりゅう》だな」

ファウストさんも、マキシに補足《ほそく》するように言った。

「二人とも、どうしてそんなに落ち着いてるんですか！」

僕《ぼく》の悲鳴じみた声に呼応《こおう》するかのように、アロサウルスが咆哮《ほうこう》をあげる。この地底世界に来た時に聞こえた声だ。マキシが観測《かんそく》した大型獣脚類《おおがたじゅうきゃくるい》の鳴き声というのは、アロサウルスのものだったのだろう。

「マキシマム君！　カズハ君！　撤退《てったい》だ！」

ファウストさんは懐《ふところ》から取り出した塊《かたまり》を、アロサウルスに投げつける。それはアロサウルスの鼻先で弾《はじ》け、白い煙《けむり》をまき散らした。

「煙幕《えんまく》だ！」

ようやく、忍者《にんじゃ》らしい道具が出て来た。史実《しじつ》の忍者《にんじゃ》が使ったかどうかは知らないけれど。

「撤退指示《てったいしじ》、了解《りょうかい》した」

マキシは僕《ぼく》とファウストさんをひょいと抱《かか》えると、出口に向かって走り出す。アロサウルスの咆哮《ほうこう》はあっという間に小さくなり、僕《ぼく》らは無事に出口の扉《とびら》へと辿《たど》り着いた。

「ああ……、エライ目に遭《あ》った」

ぱたんとベニヤ板の扉《とびら》を閉《と》ざすと、僕《ぼく》はずるずると廊下《ろうか》にしゃがみ込《こ》む。

「いやー、走った走った」とファウストさんは汗《あせ》を拭《ぬぐ》った。

「走ったのは主にマキシですけどね」

「二人を守るのが俺《おれ》の役目だ」

息を一つも切らしていないマキシは、さも当然のようにサラリと答えた。

「それよりも、メフィストフェレスに報告《ほうこく》をしよう。今の数分で、データは得《え》られた」

マキシの提案《ていあん》に、僕《ぼく》とファウストさんは、ほぼ同時に頷《うなず》いたのであった。

食堂《しょくどう》に戻《もど》る途中《とちゅう》、加賀美《かがみ》から「まだ寒い?」というSNS《エスエヌエス》のメッセージが入っていた。「寒いよ。馬鐘荘《バベルそう》が原因《げんいん》みたい」と返すと、「最悪」というメッセージが泣いている動物キャラクターのスタンプとともに送られてきた。

問題が長期化すると思っているのだろう。僕《ぼく》も嫌《いや》な予感しかしない。

食堂《しょくどう》の扉《とびら》には、『作戦会議室』という貼《は》り紙《がみ》が貼《は》られていた。無駄《むだ》にマスキングテープでデコレーションされているが、暇《ひま》を持《も》て余《あま》したメフィストさんの仕業《しわざ》なのだろう。

「フーム、成程《なるほど》ね」

僕達《ぼくたち》の報告《ほうこく》を聞いたメフィストさんは、尤《もっと》もらしい顔で頷《うなず》いた。

「エクサ君とも話していたんですがね。馬鐘荘《バベルそう》は境界《きょうかい》にして、概念《がいねん》に左右される場所ですからね。ここのところの動きが原因《げんいん》で、混乱《こんらん》が生じたのかと」

「混乱《こんらん》?」

「一時的に情報量《じょうほうりょう》が増《ふ》え、馬鐘荘《バベルそう》がバグを引き起こし、その余波《よは》が周辺の概念《がいねん》世界に広がり、更《さら》には受け止め切れなかった分が物質《ぶっしつ》世界に影響《えいきょう》しているということさ」

エクサは、首を傾《かし》げる僕《ぼく》にそう言った。

「ゲームもやり過《す》ぎると本体が熱暴走《ねつぼうそう》を起こして、動作がカクカクしたり、グラフィックがおかしくなったりするとか、それに似《に》てるのかな」

「まあ、雰囲気的《ふんいきてき》にはそんな認識《にんしき》で良いと思うよ。今、豊島区《としまく》に起きていることは、ゲーム機本体が熱を持ち過《す》ぎて、近くに置いてあったアイスを溶《と》かしているような状況《じょうきょう》さ」

「やばい。ゲーム機が壊《こわ》れる」

僕《ぼく》は一人で顔を青ざめさせる。ゲーム機を熱暴走《ねつぼうそう》させるほどの廃《はい》ゲーマーでないと、この危険《きけん》さは分からないだろう。

「ゲーム機本体の熱暴走《ねつぼうそう》によって、ゲームへの影響《えいきょう》のみならず、ゲームの外にまで影響《えいきょう》が及《およ》んでいるということか」

「そういうこと」

マキシの噛《か》み砕《くだ》いた解説《かいせつ》に、エクサは頷《うなず》く。そこで初めて、コンシューマーゲームのことを知らないファウストさんが納得《なっとく》し、メフィストさんが頷《うなず》いた。

「そうです。正にそういうことなんですよねぇ。馬鐘荘《バベルそう》の境界《きょうかい》世界の修正《しゅうせい》と維持《いじ》は、私《わたし》がまあ、何とかしましょう」

メフィストさんは溜息交《ためいきま》じりでそう言った。

「えっ、どうにかなるものなんですか？」

「君達が原因《げんいん》を見つけてくれればね」

「ああ、そういう」

メフィストさんはにんまりと笑う。肉体労働は任《まか》せますと言わんばかりに。

「任《まか》せろ！」とファウストさんは自信満々《じしんまんまん》に胸《むね》を張《は》った。

「ドクトルは、引っかき回さないと大旦那《カミサマ》に誓《ちか》って頂《いただ》ければ、手伝う権利《けんり》を差し上げます」

「うーむ。誓《ちか》ってもいいが、その誓《ちか》いは破《やぶ》られるかもしれないな」

ファウストさんはさらりと恐《おそ》ろしいことを言った。どうやら、引っかき回すのは確信犯《かくしんはん》らしい。恐《おそ》ろしく性質《たち》が悪い。

「ドクトルはもう、天の国には戻《もど》れないかもしれませんね……」

メフィストさんは遠い目をした。

「問題ない。俺《おれ》には、このアパートがある」

「いつまでも居座《いすわ》られたら困《こま》るんですよ！　毎回毎回、米びつを空《から》にして！」

きぃぃいいと金切り声を上げつつ、メフィストさんは立ち上がる。「ま、まあまあ」と僕《ぼく》はやんわりと二人を制止《せいし》した。

「原因《げんいん》を見つけるって、あの中期更新世《こうしんせい》の地底世界でいいんですか？」

「ええ、そうです」

メフィストさんは座《すわ》り直しながら答える。

「原因《げんいん》の目星はついているのですが、それが実体化している可能性《かのうせい》がありましてね。その実体化したものと接触《せっしょく》して、何らかの処置《しょち》をとれば暴走《ぼうそう》は治まると思うのですが」

「原因《げんいん》が、実体化……？」

「あの地質《ちしつ》年代の概念《がいねん》の力が急速に上昇《じょうしょう》したせいで、そうなっている可能性《かのうせい》が高いんですよ」

メフィストさんは、一つ一つを自身でも噛《か》み砕《くだ》くように説明してくれる。

「概念《がいねん》の力が急上昇《きゅうじょうしょう》した原因《げんいん》について、心当たりは？」

マキシが尋《たず》ねる。すると、メフィストさんは勿体《もったい》ぶるように長い人差し指をピンと立てて言った。

「チバニアンですよ」

「チバニアンが？」

僕達《ぼくたち》の声が重なる。

中期更新世《こうしんせい》の地磁気《ちじき》が逆転《ぎゃくてん》した地層《ちそう》が千葉県で発見され、チバニアンという名称《めいしょう》になることが検討《けんとう》されているという流れは先ほどの説明で知っている。テレビのニュースでも、連日報道《ほうどう》されたくらいなので、その前から名前くらいは知っていた。だが、それが原因《げんいん》とはどういうことだろう。

「爆発的《ばくはつてき》な知名度上昇《じょうしょう》により、概念《がいねん》の力が強くなり、馬鐘荘《バベルそう》の処理能力《しょりのうりょく》を超《こ》えてしまったのでしょうね」

「な、なるほど……。そんなことも起こるんですね」

「その原因《げんいん》が、実体化しているということかい？」

エクサは尋《たず》ねる。

そうだ。メフィストさんの今の話を踏《ふ》まえると、そういうことになってしまう。

そんな馬鹿《ばか》なと思いつつメフィストさんの反応《はんのう》を窺《うかが》うが、彼《かれ》は深く頷《うなず》いた。

「そうですね。チバニアンが実体化している可能性《かのうせい》があります」

「チバニアンが……実体化……？」

どういうことなの、と言わんばかりに、僕《ぼく》とエクサは顔を見合わせる。マキシもまた、無言で顔をしかめているようだった。

「なので、実体化したチバニアンを探《さが》してきてください。中期更新世《こうしんせい》の地底世界の何《ど》処《こ》かにいるはずですからね。それ以降《いこう》は、善良《ぜんりょう》なる豊島区民《としまくみん》として、私《わたし》が何とかしましょう」

メフィストさんは、聖人《せいじん》さながらの自己犠牲精神《じこぎせいせいしん》に溢《あふ》れた笑《え》みを湛《たた》える。

しかし、チバニアンを探《さが》すまでに犠牲《ぎせい》になるのは僕達《ぼくたち》だ。

「ち、チバニアンがどういう姿《すがた》をしているか、あのフロアのどの辺にいるかは分からないんですか？」

「それは皆《みな》さんの調査《ちょうさ》にかかっています」

すなわち、分からない。僕《ぼく》の質問《しつもん》にサラリと答えるメフィストさんの頬《ほお》を叩《たた》きたくなる衝動《しょうどう》を、何とか抑《おさ》える。

「まあ、チバニアンというくらいですからね。千葉らしい姿《すがた》なのではないでしょうか。千葉のこと、よく知りませんけど」

「僕《ぼく》だって、千葉のことは知りませんよ……」

海があってディズニーランドがあることくらいしか分からない。名産品はピーナッツらしいが、詳《くわ》しいことは知らない。

「まずは、千葉のことを調べるところからか……？」

そうでなくては、実体化したチバニアンとやらに遭遇《そうぐう》した時にそれがチバニアンだと分からないだろう。発見が遅《おく》れれば遅《おく》れるほど、豊島区《としまく》は氷に閉《と》ざされてしまう。

「面白《おもしろ》くなって来たな！　チバニアンに遭遇《そうぐう》したら、まずは記念写真を撮《と》ろう！」

僕達《ぼくたち》が頭を抱《かか》える中、ファウストさんだけが好奇心《こうきしん》に目を輝《かがや》かせているのであった。

こぼれ話●モフモフ、タマの冬支度《ふゆじたく》！

現代《げんだい》の人間は氷河期《ひょうがき》に適応《てきおう》していない。

一部の世代は就職氷河期《しゅうしょくひょうがき》を生きて来たけれど、だからと言って適応《てきおう》したかどうかは別だろうし、そもそも氷河期《ひょうがき》違《ちが》いだ。

だけど、氷河期《ひょうがき》に適応《てきおう》していないのは、人間だけではない。

「今日は猫《ねこ》を一匹《ぴき》も見かけなかった」

食堂《しょくどう》で夕食をとりながら、僕《ぼく》は呟《つぶや》く。

「その辺のお店や家に避難《ひなん》してるみたい。ぼくは美容院《びよういん》で見たかな。猫《ねこ》を飼《か》ってないはずのお店なんだけど、店内に、二、三匹《びき》いてさ」

加賀美《かがみ》は、熱々《あつあつ》のふろふき大根をフーフーと冷ましながら、そう言った。

「一匹《ぴき》じゃなくて、二、三匹《びき》……」

「お客さんがいなかったから避難《ひなん》してきた猫《ねこ》を全部受け入れちゃった、って感じだった」

「あー。こんな気候だと、美容院《びよういん》どころじゃないしな」

寧《むし》ろ、全身から体毛を生やしたいくらいだ。

「僕《ぼく》も、猫《ねこ》みたいに全身モフモフになりたいな。そうすれば、ちょっとは温かくなるだろうに」

「体毛に付着した水分が凍結《とうけつ》し、より動き難《にく》くなることが予想される」

向かい側の席に座《すわ》っていたマキシは、さらりとツッコミをくれた。「マジで……」

と僕《ぼく》は呻《うめ》く。

「だからと言って、毛が無いと滅茶苦茶《めちゃくちゃ》寒いしな。人類は中途半端《ちゅうとはんぱ》な体毛を生やし、厚着《あつぎ》をして防寒《ぼうかん》することを宿命づけられているのか……」

「葛城《かつらぎ》、モフモフになったら服を着ずに過《す》ごそうと思ってたわけ……？」

加賀美《かがみ》はドン引きだ。

「い、いや、言葉のあやだよ！　別に、必要以上の開放感は求めてないって！」

服選びが面倒《めんどう》くさいと思ったことはあるけれど、服を着るのが面倒《めんどう》くさいと思ったことは無い。僕《ぼく》にだって、人並《ひとな》みの恥《は》じらいはあった。

「ところで、うちのモフモフはどうしたんだろう」

僕《ぼく》は、まず加賀美《かがみ》の方を確認《かくにん》し、きょろきょろと辺りを見回す。捜《さが》しているのは、タマだ。

「タマならば、迎手《ゲーテ》の隅《すみ》っこで丸くなってたよ。寝《ね》てたから、起こすのも悪いと思ったんだけど……」

加賀美《かがみ》は心配そうにそう言った。

タオルが敷《し》き詰《つ》められた籠《かご》の中で、丸くなって寝《ね》ていたらしい。

「タマはずっとあんな調子ですよ」

割烹《かっぽう》着姿《ぎすがた》のメフィストさんがやって来た。

「一応《いちおう》、風が当たらないような場所に籠《かご》を移動《いどう》させたんですがね。それでも、迎手《ゲーテ》は出入口のようなものですし、寒かったんでしょうねぇ」

「冬眠《とうみん》って感じですかね」と僕《ぼく》が問う。

「かもしれませんね。彼《かれ》らは恒温《こうおん》動物だった可能性《かのうせい》が高いとはいえ、体温調節にも限《げん》度《ど》があります。朝方は、くしゃみもしてましたし」

「タマのくしゃみって可愛《かわい》いだろうなぁ……じゃなくて、可哀想《かわいそう》だし、どうにかしてあげたいかも」

僕《ぼく》は、加賀美《かがみ》の方を見やる。彼《かれ》も同じような気持ちだったらしく、神妙《しんみょう》な顔つきで頷《うなず》いた。

「ぼくがいる時は、ぼくの部屋にいればいいんだろうけど、ぼくがいない時に部屋に閉《と》じ込《こ》めちゃうの、やっぱり窮屈《きゅうくつ》そうなんだよね……」

地上にある迎手《ゲーテ》よりも、地下にあるアパートの方が暖《あたた》かい。豊島区《としまく》が凍結《とうけつ》していることなんて忘《わす》れてしまいそうになるくらいだ。

「カオルさんは、帰宅《きたく》が遅《おそ》くなる日もありますしねぇ。私《わたし》も、タマの様子を見ておきたいというのもありますし」

基本的《きほんてき》にタマは、加賀美《かがみ》がいない時はメフィストさんが面倒《めんどう》を見て、加賀美《かがみ》がいる時は加賀美《かがみ》が面倒《めんどう》を見ることになっていた。

タマは地底世界の生物なので、普通《ふつう》の生き物とは違《ちが》うところもあるだろう。その辺りに関しては、このアパートを作ったメフィストさんが一番詳《くわ》しいはずなので、メフィストさんの目があるのは安心だ。

加賀美《かがみ》とメフィストさんは、二人して「うーん」と悩《なや》む。そんな時、マキシが口を挟《はさ》んだ。

「タマが、寒くなければいい」

問いかけるような言葉に、「そう」と加賀美《かがみ》は頷《うなず》いた。

「ならば、タマの防寒《ぼうかん》をすればいい」

「それは、一理ありますねぇ。タマが寒くなければ、迎手《ゲーテ》にいても問題無いわけです」

メフィストさんは、お玉を手にした腕《うで》を組んで頷《うなず》いた。

「あの雑貨屋《ざっかや》って、エアコンは無いんですか？　見かけたような気がするんですけど」

僕《ぼく》の素朴《そぼく》な疑問《ぎもん》に、メフィストさんはにっこりと微笑《ほほえ》んだ。威圧的《いあってき》な笑顔《えがお》だ。

「エクサ君が天井《てんじょう》をぶち抜《ぬ》いた時に、一緒《いっしょ》に吹《ふ》っ飛《と》びましてねぇ」

「うっわ……」

エクサの姿《すがた》を捜《さが》すが、見当たらなかった。食事をとる必要が無いので、当たり前と言えば、当たり前だが。因《ちな》みに、マキシは僕達《ぼくたち》に付き合って食堂《しょくどう》に来ている。良いヤツだ。

「ドクトルに直そうかとは言われたんですけどね。勝手に追加機能《きのう》を備《そな》え付けられるのを恐《おそ》れて、丁重《ていちょう》にお断《ことわ》りしました。もうすぐ春でしたし、私《わたし》もそれほど困《こま》らないと思ったのですが……」

まさか、こんな気候になるなんて、という続きの言葉は、皆《みな》まで言わなくても予想出来た。

「それじゃあ、家電量販店《かでんりょうはんてん》で買うというのは……」

幸い、近所には家電量販店《かでんりょうはんてん》がある。男手も足りているし、持ち帰ることだって出来るだろう。

しかし、僕《ぼく》はメフィストさんに睨《にら》まれてしまった。

「カズハ君。エアコンというのはタダじゃないんですよ。そう簡単《かんたん》に、ホイホイと買えますか。ただでさえ、アパートの修繕《しゅうぜん》で家賃収入《やちんしゅうにゅう》の大半が消えていっているというのに」

「そこは、魔法的《まほうてき》な何かで解決《かいけつ》出来ないんですかね……」

「魔法《まほう》は何でも出来るわけじゃないんです。エアコンを出すことなんて出来ませんよ。まあ、相手にただの紙きれをお札だと思わせることは出来ますけど、経済《けいざい》は巡《めぐ》り巡《めぐ》るものですからね。私《わたし》は正当な取引をしたいんです」

「意外と真面目《まじめ》だ……」

いや、巡《めぐ》り巡《めぐ》って自分に返って来るから、正当な取引を心掛《こころが》けているのだろうか。

「それじゃあ、タマ自体をどうにかした方が良さそうだね」

ふろふき大根を咀嚼《そしゃく》してから、加賀美《かがみ》は言った。

「それが一番現実的《げんじつてき》ですねぇ。お任《まか》せしても？」

「勿論《もちろん》」

メフィストさんに対して、加賀美《かがみ》は親指を立ててみせる。眩《まぶ》しい笑顔《えがお》も添《そ》えて。

流石《さすが》はモデルだなと思いながら眺《なが》めていた僕《ぼく》だったが、加賀美《かがみ》の言葉には続きがあった。

「葛城《かつらぎ》を上手《うま》く使いつつ、頑張《がんば》ります」

「えっ？」

「それは結構《けっこう》」とメフィストさんも頷《うなず》く。

「結構《けっこう》、じゃないですよ。ここはツッコミをすべき場面でしょう⁉」

僕《ぼく》の声が裏返《うらがえ》る。しかし、メフィストさんはニヤニヤと笑っているだけだった。

「案ずるな。俺《おれ》も協力する」とマキシが言う。

「ああ、マキシだけだよ。僕《ぼく》に優《やさ》しいのは！」

思わず、テーブルを乗り越《こ》えてマキシを抱《だ》きしめたくなった。

「マキシも手伝ってくれるなら、頼《たの》もしいよ」

「そうですね。よろしくお願いしますよ」

加賀美《かがみ》もメフィストさんも、マキシを快《こころよ》く歓迎《かんげい》する。

「ちょっと待って。僕《ぼく》の時と、かなり態度《たいど》が違《ちが》う気がするんだけど！」

対応《たいおう》の差に理不尽《りふじん》さを感じつつも、僕《ぼく》はタマの寒さ対策《たいさく》をすることになったのであった。


食堂《しょくどう》を後にした僕《ぼく》とマキシと加賀美《かがみ》は、階段《かいだん》を上って迎手《ゲーテ》までやって来た。

やはり、地下に比《くら》べるとひんやりとしている。外ほどではないけれど、ふろふき大根で温まった身体《からだ》が、一気に冷える始末だ。

そして、可愛《かわい》らしいマスキングテープから、怪《あや》しげな呪具《じゅぐ》までが揃《そろ》っている店内は、毎日見ても見慣《みな》れない。

入り口には、手作りと思《おぼ》しき人形がぶら下げられている。首に縄をつけて、首吊《くびつ》りの状態《じょうたい》で。

「なにあれ、怖《こわ》っ……」

入り口にある照明によって、首吊《くびつ》り人形は絶妙《ぜつみょう》にライトアップされている。リアルな造形《ぞうけい》ではなく、ぬいぐるみのようにデフォルメされているけれど、ご丁寧《ていねい》に口は半開きになり、そこからだらりと舌《した》が伸《の》びていた。

「防犯用《ぼうはんよう》だと、メフィストは言っていた」

マキシはさらりと言った。

「ああ。確《たし》かにあんなのが入り口にあったら、不気味《ぶきみ》で近づかないよな……」と僕《ぼく》は納得《なっとく》する。

「いいや。この領域《りょういき》で不正を働いたものに、もがき苦しむ呪《のろ》いをかける人形らしい」

「本当にヤバいやつだ！」

全身が総毛立《そうけだ》つのを感じる。僕《ぼく》は呪《のろ》いの人形を視界《しかい》に入れないように、そっと視線《しせん》をそらした。

「タマ」

加賀美《かがみ》は、カウンターの裏《うら》にある籠《かご》へと駆《か》け寄《よ》る。

そこには、タマがタオルにくるまって眠《ねむ》っていた。モフモフの羽毛《うもう》に首を埋《うず》め、大きなニワトリのようだ。タオルは何重にもなっていて、メフィストさんがタマの身を案じていたのが分かる。

「くるぅ……」

加賀美《かがみ》の声を聞いたタマは、目を瞬《しばた》かせながら顔を上げた。

「ごめんね、起こしちゃって。どう？　寒くない？」

加賀美《かがみ》は、タマの頭をそっと撫《な》でながら問う。タマはつぶらな瞳《ひとみ》で僕達《ぼくたち》のことを見つめていたが、「ぷしゅん！」とくしゃみをした。

「うわ、可愛《かわい》い……じゃなくて、やっぱり寒いんだ」

僕《ぼく》も加賀美《かがみ》のようにタマに近づく。よく見ると、タマはぷるぷると震《ふる》えていた。

「こんなに、寒い想いをしてたのに、気付いてやれなかったなんて」

加賀美《かがみ》はうつむく。

「仕方ないって。他人のことを考える余裕《よゆう》がないくらい寒いし……」

「くるっくるっ」

僕《ぼく》のフォローに、タマも頷《うなず》く。

「ありがとう。とにかく、タマが寒くないようにしないと」

「現在《げんざい》の室温は、摂氏《せっし》二度だ」

マキシは、わずかに難《むずか》しい顔をしつつそう言った。

「うわっ、真冬の外気と同じじゃないか」

よく見れば、僕達《ぼくたち》の吐《は》く息は白い。タマもまた、タオルの中にもぞもぞと首を引っ込《こ》めた。

「この中は、ある程度《ていど》は温かいのかな」

じっと見つめる加賀美《かがみ》に、マキシはこう言った。

「タマは賢《かしこ》い。タオルで不十分ならば、別の場所へと行くだろう。それに、身軽だ。メフィストや住民がアパートに繋《つな》がる出入り口を開けた時点で、アパート側に潜《もぐ》り込《こ》むことも出来る」

「確《たし》かに」

加賀美《かがみ》は頷《うなず》くと、ポンと膝《ひざ》を打った。

「それじゃあ、タマ専用《せんよう》の服を作ってあげるのはどうかな！」

「タマ専用《せんよう》の服?」

僕《ぼく》とマキシの声が重なる。

「犬が着ているような服を、タマに着させるのはどうかと思って。温かくて移動《いどう》が出来て、その上、可愛《かわい》いし!」

最後は特に、拳《こぶし》をグッと握《にぎ》って力説する。それを聞いたタマは、ぴょっこりとタオルの山から顔を出すと、相槌《あいづち》を打つように「くるっくるっ」と鳴いた。

「よし。タマもオシャレしたいんだったら、まずはこのタオルで簡単《かんたん》な服を作ってみようか」

「タオルを引《ひ》き裂《さ》くならば、俺《おれ》がやろう」

マキシは、加賀美《かがみ》にさらりと言った。

「あ、いやいや。流石《さすが》に、メフィストさんのタオルを勝手に裂《さ》くわけにはいかないし、一先《ひとま》ず、安全ピンとヘアピンで仮止《かりど》めしようと思って」

加賀美《かがみ》のお陰《かげ》で、メフィストさんのタオルは命拾いした。マキシの剛腕《ごうわん》にかかれば、モフモフのタオルも、あっという間にモフモフの雑巾《ぞうきん》になってしまうだろう。

加賀美《かがみ》はタマを抱《だ》きかかえ、タオルの山から出す。寒そうにぷるぷると震《ふる》えるタマに、「ちょっと待っててね」と加賀美《かがみ》は実に手慣《てな》れた動作で、タオルを巻《ま》いていった。

あっという間に、タマの身体《からだ》はタオル生地の服をまとっているかのようになる。桃《もも》色《いろ》のタオルで出来た服は、春の訪《おとず》れを予感させるようなベストに見えた。

「うん、可愛《かわい》い」

「ぷしゅん！」

満足そうな加賀美《かがみ》の足元に、タマのくしゃみが炸裂《さくれつ》する。

「あ、ごめん。それ一枚《まい》だけじゃ寒いよね……」

「くるぅ……」

タマはしょんぼりしたようにうつむいた。

「そんな顔しないで。ぼくの手にかかれば、どんなタオルでも何枚《まい》のタオルでも、あっという間に可愛《かわい》い服になるんだから！」

加賀美《かがみ》は意気揚々《いきようよう》と、一枚《まい》、また一枚《まい》とタマに羽織《はお》らせていく。この辺りは、手先の器用さは然《しか》ることながら、センスが必要だ。しかし、それを持たない僕《ぼく》とマキシは「がんばれ、がんばれ」とエールを送ることしか出来なかった。

桃色《ももいろ》のベストの上には、水色のカーディガンを着させてやる。その上に、オレンジのコートを着させて、更《さら》にその上に……。

「加賀美《かがみ》さん……。タマがミイラ男みたいになっているんですが……」

僕《ぼく》は、白いタオルでタマをぐるぐる巻《ま》きにする加賀美《かがみ》に、思わず敬語《けいご》でそう言った。

「あっ、本当だ……！」

「く……くるぅ……」

「ごめんね、タマ！　夢中《むちゅう》になり過《す》ぎてた……！」

タマの顔をすっかり覆《おお》ってしまったタオルを、加賀美《かがみ》は慌《あわ》てて剝《は》がす。顔どころか、手足もすっかりぐるぐるだ。タマのモフモフはタオルに埋《う》もれてしまっている。

「タマには羽毛《うもう》がある。既《すで》に服を着ているようなものだ。覆《おお》い過《す》ぎれば、他に支障《ししょう》が出るだろう」

マキシはやんわりとそう言うと、加賀美《かがみ》と一緒《いっしょ》にタマのタオルを取り払《はら》う。

「日中は、メフィストの目が届《とど》くところにいた方がいい。それがゆえに、この場所から離《はな》れない方がいい。ならば、この場所にエアコンを導入《どうにゅう》すべきだが……」

そこまで言って、マキシは黙《だま》り込《こ》んでしまった。エアコンの購入《こうにゅう》は、メフィストさんから却下《きゃっか》されたばかりだ。

僕《ぼく》は、ふと、或《あ》ることを思いつく。

「そうだ。みんなでお金を出し合って——」

何とかするのはどうだろう。

続く言葉は、虚空《こくう》に消えてしまった。仮《かり》にそうしようとしたとしても、僕《ぼく》は一体、いくら出せるのか。

バイトは多少しているものの、収入《しゅうにゅう》は少ない。しかも、ほとんどはゲームにつぎ込《こ》んでいるので、千円札一枚《まい》でも痛手《いたで》だ。

何でもない、と発言を取り消そうとするものの、察しのいいマキシと加賀美《かがみ》は応《こた》えてくれてしまった。

「カズハの案に賛成《さんせい》だ。俺《おれ》はメフィストの手伝いによって、多少の収入《しゅうにゅう》を得《え》ている。協力は可能《かのう》だ」

「ぼくも、タマのためならば幾《いく》らかは出せるよ。三等分だったら、ギリギリでいける感じ」

真面目《まじめ》で堅実《けんじつ》な二人は、僕《ぼく》の回答を待つかのように、じっとこちらを見つめる。

最早《もはや》、過半数《かはんすう》が同意した時点で三等分の割《わ》り勘《かん》は決定したようなものだ。民主主義《しゅぎ》を前に、僕《ぼく》の敗北は確定《かくてい》していた。

「葛城《かつらぎ》はどうなの？」

「カズハ、無理はするな」

「うぐぐ……」

マキシは気遣《きづか》ってくれるけど、これで僕《ぼく》が「三等分は無理です」と言ったら、マキシと加賀美《かがみ》にそれ以上を支払《しはら》わせてしまうことになる。それは、何としてでも避《さ》けたかった。

「え、エアコンだと高いし、もう少し安いものにしようよ。小型《こがた》のガスストーブとか」

「カズハの意見は一理ある」

マキシは即答《そくとう》した。

僕《ぼく》は助かったと思うものの、マキシの言葉には続きがあった。

「しかし、ガスを使用する場合は、一酸化炭素中毒《いっさんかたんそちゅうどく》の危険性《きけんせい》がある。また、火災《かさい》や爆《ばく》発事故《はつじこ》のリスクもある」

そう言えば、聞いたことがあるような気がする。正しい使い方をしていれば問題ないのだろうけど、相手は小動物だ。人間が平気な量の一酸化炭素《いっさんかたんそ》も、タマには致命的《ちめいてき》になるかもしれない。

そして、タマは鳥のような長い尾羽《おばね》を持っている。万が一、ガスストーブの高熱部分に触《ふ》れたとしたら……。

「タマが焼けたらまずい……」

僕《ぼく》が何を想像《そうぞう》しているのかを悟《さと》ったらしく、加賀美《かがみ》も顔を青ざめさせていた。

「だ、ダメだ！　ガスストーブやめよう！」

タマがこんがり焼けてしまっては困《こま》る。尾羽《おばね》が少し焦《こ》げる程度《ていど》ならばまだいいが、ローストになってしまったら可哀想《かわいそう》だし、一生魘《うな》されそうだ。

「やっぱり、エアコンを入れた方が安全なんじゃあ……」

加賀美《かがみ》の言うことは一理あり過《す》ぎる。

安全に替《か》えられるものはない。しかし、安全はなかなかに高い。

いっそのこと、素直《すなお》に白状《はくじょう》してしまおうと思った時、迎手《ゲーテ》の外に繋《つな》がる扉《とびら》が大きく開いた。

「さむいっ」

マキシ以外は、反射的《はんしゃてき》に首を引っ込《こ》める。

「やあ！　そんなところで井戸端《いどばた》会議か、諸君《しょくん》！」

凍《こお》り付いた外を背景《はいけい》にして立っていたのは、ファウストさんだった。

その両手には、パンパンになった東急《とうきゅう》ハンズの袋《ふくろ》が携《たずさ》えられている。角材が袋《ふくろ》から飛び出しているが、きっと、DIY《ディーアイワイ》に使うのだろう。

「く、くるぅ……」

「寒いから！　寒いから閉《し》めて！」

加賀美《かがみ》は、タマをぎゅっと抱《だ》きながら震《ふる》える。

「おっと、失礼」とファウストさんは扉《とびら》を閉《し》めた。コートを着ていないけれど、この人、寒くないんだろうか。

「こんなに集まって、何か好奇心《こうきしん》がそそられる発見でもあったのか？　いいことだ。どんどん好奇心《こうきしん》を育て、とことん議論《ぎろん》するがいいさ」

ファウストさんは、一人頷《うなず》きながらやって来た。

僕達《ぼくたち》は顔を見合わせる。ファウストさんに助言を仰《あお》ぐか否《いな》か、決め兼《か》ねていた。上手《うま》くすれば協力してくれる。暴走《ぼうそう》すれば、事態《じたい》はあらぬ方向に進んでしまう。

ファウストさんは知識《ちしき》が豊富《ほうふ》で頼《たの》もしいけれど、役に立つ時と碌《ろく》でもない時の差が激《はげ》しかった。

「そうだ、マキシマム君」

ファウストさんはマキシに話しかけたかと思うと、ハンズの袋《ふくろ》を掲《かか》げてみせる。

「メンテナンス用のオイルを買っておいたからな。お徳用だから、しばらくは無くならないぞ！」

ファウストさんは、そう言って胸《むね》を張《は》る。

「オイル……」

その単語に、マキシはハッとしたような表情《ひょうじょう》をした。

「どうしたんだよ、マキシ」

「比較的《ひかくてき》安全で、安価《あんか》な暖房《だんぼう》器具を発見した」

マキシの言葉に、「本当に!?」と僕《ぼく》と加賀美《かがみ》が詰《つ》め寄《よ》る。

「ああ。オイルヒーターという暖房《だんぼう》器具がある」

「オイルヒーター……」

僕《ぼく》と加賀美《かがみ》は首を傾《かし》げた。馴染《なじ》みのない名前だ。

「難燃性《なんねんせい》の油を温めて循環《じゅんかん》させ、熱を放出させるというものだ。燃焼《ねんしょう》をともなわず、一酸化炭素《いっさんかたんそ》を出さない。欠点は、温まるのが遅《おそ》いということだが」

「なにそれ、凄《すご》くタマ向けじゃん！」

加賀美《かがみ》は目を輝《かがや》かせた。

「安価《あんか》って、どれくらい……？」

僕《ぼく》が恐《おそ》る恐《おそ》る尋《たず》ねると、マキシは情報《じょうほう》を検索《けんさく》する一瞬《いっしゅん》の間《ま》を置いてから、底値《そこね》を教えてくれた。それは、三等分にすれば、僕《ぼく》もそれほど痛手《いたで》ではない金額《きんがく》だった。

「よし。それならいけそう」

主に僕《ぼく》が。

心底安堵《あんど》している僕《ぼく》の傍《かたわ》らで、加賀美《かがみ》がタマをぎゅっと抱《だ》きしめた。

「良かったな、タマ。これで、お前も寒くないよ！」

「くるぅ！」

そんな僕《ぼく》らを前にして、ファウストさんは、訳知《わけし》り顔《がお》で何度も頷《うなず》いていた。

「うむ。友情《ゆうじょう》を以《もっ》て何かを成《な》し遂《と》げるというのはいいことだ。何が起きたかは分からないが」と。

その日、僕達《ぼくたち》は近所の家電量販店《かでんりょうはんてん》へと急いだ。一番小さなオイルヒーターを買い、早速《さっそく》、日中はタマの居場所《いばしょ》になるカウンターの裏《うら》に設置《せっち》する。

それからというもの、タマはくしゃみをして震《ふる》えることは無くなった。

ただ、迎手《ゲーテ》の店主たるメフィストさんもまた、カウンター裏《うら》で同じように丸まって、オイルヒーターの恩恵《おんけい》を受けるようになってしまったが。

第二話　捜索《そうさく》！　チバニアン的なもの!?

豊島区《としまく》は絶賛《ぜっさん》氷河期《ひょうがき》中《ちゅう》だった。

それは、馬鐘荘《バベルそう》が引き起こした概念《がいねん》の混乱《こんらん》によるもので、その原因《げんいん》を探《さが》し出して何らかの処置《しょち》を取れば元《もと》に戻るということだった。

今は、その原因《げんいん》を探《さが》し出すべく、捜索《そうさく》をする前の段階《だんかい》である。

百均《ひゃっきん》で買った方位磁針《じしん》を机《つくえ》の上に置くと、赤い針《はり》が新宿《しんじゅく》方面を指す。N《エヌ》極が南になっているという異常事態《いじょうじたい》だ。

「ああー、最悪」

方位磁針《じしん》を眺《なが》めていた加賀美《かがみ》は、食堂《しょくどう》で豚汁《とんじる》を口にしながらぼやいた。

「せっかく、可愛《かわい》い春服を着れると思ったのにさ。しかも、異常気象《いじょうきしょう》は豊島区《としまく》だけじゃん？　豊島区《としまく》内はコートがないと死んじゃうけど、区外に出たらお荷物だよ」

「まあ、確《たし》かに。加賀美《かがみ》の大学、豊島区《としまく》じゃないしなぁ」

「そうそう。早いところ何とかして、春のファッションを楽しみたいよ」

加賀美《かがみ》の膝《ひざ》の上で、タマが「くるっくるっ」と鳴いた。

「タマも、早く暖《あたた》かくなって欲《ほ》しいよね」

加賀美《かがみ》が尋《たず》ねると、「くるぅ」とタマはつぶらな瞳《ひとみ》で答える。

タマはモフモフの羽毛《うもう》があるとはいえ、温暖《おんだん》な中生代《ちゅうせいだい》の生き物なので、あまり寒さに強くない。

「タマのためにも、早く解決《かいけつ》しないと……」

「私《わたし》も、こう寒くては雑貨屋《ざっかや》の客足が遠のきますからねぇ。商売のためにも、早くどうにかしなくては」

割烹着姿《かっぽうぎすがた》のメフィストさんは、腰《こし》に手を当ててそう言った。

「ファウストさんは、何か摑《つか》みましたか？」

僕《ぼく》が尋《たず》ねると、メフィストさんの顔は露骨《ろこつ》に歪《ゆが》められた。

「あのロクデナシ、また自分の部屋に引きこもってますよ。一体、何を作っているやら。しかも、食堂《しょくどう》を閉《し》めようと思った時にやって来ますし」

メフィストさんはご立腹《りっぷく》だった。

「それでもちゃんとご飯を食べさせてあげるなんて、なんかいい関係じゃない？」

豚汁《とんじる》を食べ終わった加賀美《かがみ》は、ニヤニヤと笑う。メフィストさんは、「はっ」と鼻で笑った。

「冗談《じょうだん》言わないで下さい。ドクトルに食料を与《あた》えないと、勝手に冷蔵庫《れいぞうこ》の中身を食《く》い漁《あさ》るからですよ。くれてやるのも、余《あま》り物《もの》です、余《あま》り物《もの》」

「まあ、冷蔵庫《れいぞうこ》の中身を食べられるってのは、深刻《しんこく》ですよね……」

ファウストさんは前科持ちなので、非常《ひじょう》に油断《ゆだん》ならない。おかずのための魚やら何やらを食いつくされたせいで、翌日《よくじつ》の朝食がご飯と梅干《うめぼし》だけになったこともあった。

「まあ、ドクトルのことは放っておきましょう。ろくでもない発明をしたら、地中にでも埋《う》めておけばいいんです」

「それでも、出て来そうですけど」

「足止め出来ればいいんですよ」

僕《ぼく》の言葉に、メフィストさんはさらりとそう言った。

「で、ドクトルはさて置き。マキシマム君とエクサ君は、何度かあのフロアの地底世界に赴《おもむ》いて、データを取って来てくれていますけどね」

「流石《さすが》はアンドロイドチーム……。頼《たよ》りになるなぁ」

僕《ぼく》は心底感心する。

「しかし、やはり彼《かれ》らは人工物ですからねぇ。データ採取《さいしゅ》にも限界《げんかい》があるようで」

「それって……」

「分析力《ぶんせきりょく》や攻撃力《こうげきりょく》に耐久力《たいきゅうりょく》はあるんですけどね。自主的な発想力に乏《とぼ》しいんです。と、本人達が言ってました」

エクサの言っていた、ロボットは創造力《そうぞうりょく》に欠けるという話と同じ類《たぐい》だろうか。

「だから、柔軟《じゅうなん》な発想力がある者――即《すなわ》ち人間に指示《しじ》された方が、真価《しんか》を発揮《はっき》出来るようですね」

「それってつまり」

僕《ぼく》と加賀美《かがみ》の声が重なる。メフィストさんは、にんまりと微笑《ほほえ》んだ。

「お二人にも是非《ぜひ》、調査《ちょうさ》に行って欲《ほ》しいってことですよ」

語尾《ごび》にハートマークがついているんじゃないかと思うほど、メフィストさんの笑顔《えがお》は大変いい笑顔《えがお》だった。

「でも、チバニアンがどんな姿《すがた》をしているのか分からないんでしょ？」

加賀美《かがみ》は不満そうに言った。「くるる?」とタマはつぶらな瞳《ひとみ》をメフィストさんに向けて、首を傾《かし》げる。

「そうそう。千葉的なものっていう曖昧《あいまい》な情報《じょうほう》じゃあ、探《さが》せないですよ」

僕《ぼく》も、うんうんと頷《うなず》く。環境《かんきょう》が混乱《こんらん》する地底世界で曖昧《あいまい》なものを探《さが》すなんて、砂浜《すなはま》で貝的な姿《すがた》をしているものを探《さが》せと言われているようなものだ。

「それじゃあ、千葉について調べればいいじゃないですか」

「えっ?」

僕《ぼく》と加賀美《かがみ》の声が重なる。

「千葉について調べれば、どれがチバニアンだか分かるんじゃないでしょうかねぇ」

「千葉について」

「調べる?」

目を丸くする僕達《ぼくたち》に合わせるかのように、タマが「くるるっ?」と反対側に首を傾《かし》げた。

「そうです。千葉に関連した物と、そうでない物を分けるだけで、かなり絞《しぼ》れると思うのですがね」

「はあ、まあ……」

その調べる作業だけでも、かなり時間がかかりそうだ。加賀美《かがみ》もそう思ってか、メフィストさんへ生返事をしたのであった。

僕《ぼく》と加賀美《かがみ》は、自分が持っている中で最も分厚《ぶあつ》いコートを羽織《はお》り、マフラーを何枚《まい》も重ねて首にぐるぐると巻《ま》き付ける。少しでも外気に触《ふ》れる面積を減《へ》らそうと、コートについているフードをすっぽりと被《かぶ》った。

「これでよし……」

「可愛《かわい》くないなぁ」

加賀美《かがみ》は不満そうだ。彼《かれ》の自慢《じまん》の長い髪《かみ》も、今はコートの中にしまっている。毛先が凍《こお》り付くといけないからだ。

「仕方ないじゃないか。自分の身を守るためだって」

「でも、このマフラーの組み合わせがダサいんだよね。三枚《まい》重ねることを想定して買うんだった」

加賀美《かがみ》は無茶苦茶なことを言う。誰《だれ》も、豊島区《としまく》が極寒の地になるなんて予想出来なかっただろうに。

僕達《ぼくたち》は、図書館へと向かうことにした。

千葉についてネットで調べてみたものの、行政《ぎょうせい》や観光のページか、誰《だれ》かがまとめたサイトばかりが出て来てしまったのだ。

前者は信憑性《しんぴょうせい》が高いものの、要点しかまとまっていないので情報《じょうほう》が足りない。

そして、後者は信憑性《しんぴょうせい》に欠けている。

ネットの情報《じょうほう》の殆《ほとん》どは、誰《だれ》もが真偽《しんぎ》を問わずアップロード出来るので、鵜呑《うの》みにしたくはなかった。下調べがキチンと出来ているものも、愛に溢《あふ》れたものもあるけれど、アフィリエイト稼《かせ》ぎのためのサイトや、裏付《うらづ》けがないサイトもある。

「ついでに、ゲーセンにも寄《よ》ろうかなぁ。この天候ならば誰《だれ》もいないだろうし、連コインしても怒《おこ》られないだろうし」

「葛城《かつらぎ》のあんぽんたん。ぼく達がどうにかしないと、豊島区《としまく》は機能《きのう》しなくなっちゃうじゃん」

「いっそ、氷河期《ひょうがき》を体験出来るという観光地にしても良いのでは……」

「その前に、区民が豊島区《としまく》から脱出《だっしゅつ》して、廃墟《はいきょ》ばかりになる方が早いんじゃない？」

「それはそれで、観光需要《じゅよう》があるっていうか……」

「ゲーセンも閉《し》まっちゃうって」

「それは困《こま》る」

即答《そくとう》だった。

ネットゲームもダメ。ソーシャルゲームもダメ。コンシューマーゲームは、ちょっと初期費用《ひよう》が厳《きび》しい。

そんな中、ゲーセンは僕《ぼく》のオアシスだった。外出の理由になるのと、他のゲーマーと交流出来るのもいい。少なくとも、「散歩に行ってくる」と言って爽《さわ》やかにゲームをしに行けるので、周囲《しゅうい》の印象《いんしょう》も悪くならないだろう。これで、実家に戻《もど》ってもカムフラージュが出来る。

「ゲーセンの平和のために、ここで踏《ふ》ん張《ば》らなきゃな」

「はいはい。ぼくも、おニューの春服をお披露目《ひろめ》出来るように頑張《がんば》るよ」

雑貨屋《ざっかや》の出口から出ようとする僕達《ぼくたち》を、奥《おく》の方からタマがじっと見ている。

「くるぅ……」

「大丈夫《だいじょうぶ》だよ。ちょっと駅を越《こ》えるだけだし」

僕《ぼく》はひらりと手を振《ふ》った。

「帰ったら、一緒《いっしょ》に遊ぼう」

加賀美《かがみ》がそう言うと、タマは「くるっくるっ」と嬉《うれ》しそうにぴょんぴょん跳《は》ねた。

「それじゃ、行って来ます」

タマが見守る中、僕達《ぼくたち》は迎手《ゲーテ》を後にする。

タマは癒《いや》しだ。あのつぶらな瞳《ひとみ》といい、モフモフとした羽毛《うもう》といい、大きな鳥みたいだ。

タマのお陰《かげ》で、胸《むね》の奥《おく》が温かい。これならば、チバニアンが引き起こした環境《かんきょう》の変化の影響《えいきょう》も受けないだろう。

そう思いながら進む僕《ぼく》に、向かい風がビュゥと吹《ふ》いた。

「さっっむ！」

思わず、亀《かめ》のように首を引《ひ》っ込《こ》める。加賀美《かがみ》なんて、僕《ぼく》の背後《はいご》に来る始末だ。

「うわー、もう無理。か弱いぼくを守ってよ、葛城《かつらぎ》バリア」

「ダサいネーミングをつけるなって！　せめて、鉄壁《てっぺき》の葛城《かつらぎ》くらいにしてくれよ！」

「そっちの方がダサくない？」

加賀美《かがみ》は僕《ぼく》の背後《はいご》から、胡乱《うろん》な眼差《まなざ》しを向ける。彼《かれ》とは、永遠《えいえん》に相容《あいい》れないような気がした。

「そもそも、加賀美《かがみ》と僕《ぼく》とじゃあ、背丈《せたけ》も変わらないし。僕《ぼく》の後ろに回っても、あんまり意味無いだろ。マキシくらい背《せ》が高ければ、バリアにもなりそうだけど」

そう言った僕《ぼく》に、加賀美《かがみ》は顔を曇《くも》らせた。

「マキシをバリアにするのはちょっと……。友達を物扱《ものあつか》いするのはぼくの主義《しゅぎ》に反するかな」

「僕《ぼく》は!?　バリア扱《あつか》いされた僕《ぼく》は何!?」

「葛城《かつらぎ》は……下僕《げぼく》？」

加賀美《かがみ》は小悪魔《こあくま》の上目遣《うわめづか》いで、小首を傾《かし》げる。

「うっわ……。可愛《かわい》くすれば何でも許《ゆる》されると思ってる顔だ。メフィストさんより性質《たち》が悪いわ」

「それじゃあ、アッシー君とか？　でも、葛城《かつらぎ》に送迎《そうげい》して貰《もら》ったこと無いしなぁ」

「えっ、今の言葉って、そういう意味なの!?　初めて聞いたんだけど」

アッシー君とは、最近の流行《はや》りの言葉なんだろうか。しかし、加賀美《かがみ》は「あんぽんたん」を日常的《にちじょうてき》に使う死語使いだ。失われた言語の可能性《かのうせい》が高い。

「それにしても、ホントに寒いね。肌《はだ》が荒《あ》れちゃうよ」

「加賀美《かがみ》の場合、仕事道具みたいなもんなんだから、気を付けろよ」

いつもは賑《にぎ》わっている西池袋《にしいけぶくろ》も、今は閑散《かんさん》としていた。

薄《う》っすらと凍《こお》った路面は、コンビニの照明を反射《はんしゃ》している。頭上を走る電線にも、氷柱《つらら》がずらりと出来ていた。落ちて来たら、間違《まちが》いなく串刺《くしざ》しになるだろう。

アジアンなお兄さん達の姿《すがた》はない。もう、豊島区《としまく》を出てしまったのだろうか。大通りからはスタッドレスタイヤが氷を削《けず》る音が聞こえて来るけれど、バスなどは大幅《おおはば》に間引き運転をしているため、ほとんど見かけなくなっていた。

個人《こじん》商店は、ほとんどシャッターを下ろしている。チェーン店ですら、『臨時《りんじ》休業』の札《ふだ》を下げたままの店が目立つようになっていた。

「やっばいな……」

「山手線《やまのてせん》が豊島《としま》区に入る時さ。窓《まど》がパリパリ凍《こお》るんだよ」

マフラーに顔を埋《うず》めながら、加賀美《かがみ》が言った。

「知ってる。僕《ぼく》はこんな状態《じょうたい》になってから乗ってないけど、ネットに動画が上がってるから」

ようやく、池袋駅《いけぶくろ》が見える交差点までやって来た。すると、路肩《ろかた》に停《と》められた白いワゴン車から、ぞろぞろとごつい機械を持った集団《しゅうだん》が出て来たではないか。皆《みな》、南極でも探検《たんけん》するかのような防寒着《ぼうかんぎ》を身にまとい、物々《ものもの》しい雰囲気《ふんいき》で辺りを見回している。

「なんだ、あいつら……」

「何処《どこ》かの大学の先生とか？　この異常気象《いじょうきしょう》を調べてるのかも」

それか政府《せいふ》の人間かも、と加賀美《かがみ》は言った。

「原因《げんいん》が馬鐘荘《バベルそう》だと分かったら、僕達《ぼくたち》は捕《つか》まっちゃうのかな」

「まあ、そこはメフィストさんが上手《うま》いこと誤魔化《ごまか》してくれそうだけどね。でも、ぼくはただの可愛《かわい》い大学生だし、葛城《かつらぎ》はただの廃《はい》ゲーマーだけど、マキシやエクサ、ファウストさんなんかは、捕《つか》まったらまずいだろうなぁ」

「マキシとエクサには、自力で脱出《だっしゅつ》して貰《もら》おう。ファウストさんは……何をやらかすか分からないな」

「……うん」

寧《むし》ろこれは、政府《せいふ》がうっかり馬鐘荘《バベルそう》に乗り込《こ》んできて、うっかりファウストさんと関わって、うっかり碌《ろく》でもないことにならないためにも、早く解決《かいけつ》すべきなのではないだろうか。

「心配要素《ようそ》が多過《おおす》ぎる……」

僕達《ぼくたち》は頭を抱《かか》えつつ、メトロに通じる地下道へと入った。

地下道をしばらく行くと、飲食店や雑貨屋《ざっかや》が並《なら》ぶ通りに出た。地下は何とか営業《えいぎょう》が出来ているようで、何処《どこ》も人で溢《あふ》れていた。

その頃《ころ》には、刺《さ》すような寒さはなくなっていた。マフラーの中に首を埋《うず》めていた加《か》賀美《がみ》は、深い溜息《ためいき》を吐《つ》いてマフラーを解《ほど》く。

「ふー。やっぱり地下は落ち着くね。馬鐘荘《バベルそう》もそうだけどさ。夏はそんなに暑くないし、冬はそんなに寒くない。気温差が少ないから、お肌《はだ》にもいいんじゃないかな」

「直射《ちょくしゃ》日光も当たらないしな。最初は、『地下生活なんて、遂《つい》に日陰者《ひかげもの》に……』と思ったけど」

改札口からメトロのホームへと降《お》りていく。地下鉄は当然のように、通常《つうじょう》通りの運行をしていた。

「流石《さすが》は地下鉄……。地上の駅もあるから、どうかなと思ったけど」

「豊島区《としまく》じゃないから大丈夫《だいじょうぶ》なんじゃない？」

加賀美《かがみ》は、電光掲示板《けいじばん》の運行情報《じょうほう》を眺《なが》めながらそう言った。成程《なるほど》、それは一理ある。

どうやら、メトロをあてにしていたのは僕達《ぼくたち》だけではなかったようで、暖《だん》を求めてひしめき合う動物のように、大勢《おおぜい》の人がホームで列車を待っていた。

「何だか、近未来感があるよな」

すっかり使い込《こ》まれてぼんやりとした色合いになった有楽町線《ゆうらくちょうせん》の壁《かべ》を眺《なが》めながら、僕《ぼく》はぽつりと呟《つぶや》いた。

「どうしたのさ、急に」と加賀美《かがみ》が僕《ぼく》の顔を覗《のぞ》き込《こ》む。

「もし、地上が人間の住めない環境《かんきょう》になったらさ。こうやって地下で暮《く》らすようになるのかなって」

いつ、どんな異常気象《いじょうきしょう》が起こるか分からない。もしかしたら、人間の所為《せい》で、地上では住めない環境《かんきょう》になるかもしれない。

そんな時、僕達《ぼくたち》はこうして地下に潜《もぐ》るのだろうか。地下ならば、地球の地盤《じばん》が僕達《ぼくたち》を守り、外の影響《えいきょう》をほとんど受けないから。

「そう思うと、馬鐘荘《バベルそう》は時代の最先端《さいせんたん》を行ってるんだろうなぁ」

「建築技術《けんちくぎじゅつ》が魔法《まほう》だけどね」

僕《ぼく》と加賀美《かがみ》は、やって来た車両に乗り込《こ》む。

僕達《ぼくたち》が目指している中央図書館は、隣駅《となりえき》の東池袋《ひがしいけぶくろ》にある。距離《きょり》もそれほどではないし、普段《ふだん》ならば、駅を越《こ》えてハンズを横切るようにして歩いて行くのだけど、この極寒の豊島区《としまく》を歩くのは自殺行為《じさつこうい》だ。片道《かたみち》百数十円の運賃《うんちん》も、命の代金だと思えば安い。

東池袋《ひがしいけぶくろ》駅のホームから改札口に出ると、びゅうと冷たい風が僕達《ぼくたち》を迎《むか》えた。加賀美《かがみ》は「ひぃ」と短い悲鳴をあげる。改札口からすぐのところに、地上への出口があった。

「東池袋《ひがしいけぶくろ》って言うと、サンシャイン水族館だよね。生き物達、大丈夫《だいじょうぶ》かなぁ」

加賀美《かがみ》は、マフラーに首を埋《うず》めながら生き物を案ずる。

「屋外の生き物は、中に避難《ひなん》させてるかもしれないな。ペンギンははしゃいでいそうだけど」

「ペンギンって寒さに強そうだけど、実は育った環境《かんきょう》によるって知ってた？」

「えっ、そうなの？」

僕《ぼく》は、加賀美《かがみ》の言葉に目を丸くする。

「掛川花鳥園《かけがわかちょうえん》にもペンギンがいるんだけどさ。例年より滅茶苦茶《めちゃくちゃ》寒い日に屋外でショーをやってた時、ペンギンがくしゃみをして鼻水垂《た》らしてたよ」

「マジか。ペンギンって寒がるんだ」

「少なくとも、静岡生まれで静岡育ちのペンギンは、静岡の環境《かんきょう》にしか適応《てきおう》出来てないみたい」

それと同じで、池袋《いけぶくろ》のペンギンが池袋《いけぶくろ》の環境《かんきょう》にしか適応《てきおう》出来ていないのなら、きっと今頃《いまごろ》、ペリカン達と屋内で暖《だん》を取っているのだろう。ペンギンがどうなっているのか気になったけれど、今は、それどころではない。

「えっと、図書館は……あっちだ！」

出口からすぐのところに、図書館が入っている建物があった。僕《ぼく》と加賀美《かがみ》は、広場に張《は》った氷をパリパリと踏《ふ》みながら、小走りで建物へと入る。

駅前の大きな建物の中には、劇場《げきじょう》も入っているらしかった。フロア案内を見ながら、図書館へと向かう。

「図書館は流石《さすが》にやってるよな……」

「やってなかったら、水族館の様子を見て帰ろう。ぼく、屋外に出たくないけど」

「同感だ」

そんなことをぼやきながら、図書館のフロアへと辿《たど》り着く。

幸い、図書館は開館していた。

「うわー、あったかい！」

加賀美《かがみ》は目を輝《かがや》かせながら、マフラーとコートをさっさと脱《ぬ》ぐ。図書館の中は、オアシスだった。

「でも、流石《さすが》に人はいないな……」

図書館は司書さんが数人いるくらいで、がらんとしていた。こんな状況《じょうきょう》なのに図書館に来ようという人間はよほど熱心か、よほどの変わり者だろう。

「それにしても、勢《いきお》いで図書館に来ちゃったけど、何処《どこ》を探《さが》せばいいのかな。地域《ちいき》のコーナー？」

「それは豊島区《としまく》の本が並《なら》んでるだけじゃないかな。自然科学辺りで特定の地域《ちいき》の本があればいいんだけど」

加賀美《かがみ》は検索機《けんさくき》を見つけると、そちらへと向かった。

「ここで千葉について書かれた本を探《さが》すと早いんじゃない？」

「ああ、成程《なるほど》。でも、どんなキーワードを入れればいいんだろう。ストレートに、『千葉県』？」

「千葉について調べてるの？」

「そうそう。千葉的なものを探《さが》さなきゃいけないんだけど、千葉のこと何も知らなくてさ」

僕《ぼく》は溜息交《ためいきま》じりに頷《うなず》く。

しかし、掛《か》けられた声が加賀美《かがみ》のものではないと気付き、咄嗟《とっさ》に振《ふ》り返った。

「どちら様ですか⁉」

「ご、ごめん。千葉っていう単語が聞こえたから、つい」

振《ふ》り返った先にいたのは、地味な服装《ふくそう》の男子だった。

純朴《じゅんぼく》で人が好《よ》さそうな顔をしていて、あまりあか抜《ぬ》けていない。僕《ぼく》と同じくらいの背格好《せかっこう》だけど、顔立ちは幼《おさな》いし、高校生だろうか。

「千葉っていう単語が聞こえたからって、もしかして、千葉マニア？」

加賀美《かがみ》は目を瞬《しばだた》かせる。

「ううん、千葉県民なんだ。今は大学が東京にあるから、東京で暮《く》らしているけど」

「大学生!?」

僕《ぼく》と加賀美《かがみ》は、通りすがりの千葉県民を思わず指さした。

「う、うん」

「高校生かと思った！　受験勉強をしに来てるのかな。熱心だなって思ったのに」

加賀美《かがみ》は素直《すなお》に白状《はくじょう》した。通りすがりの千葉県民は、ガックリと項垂《うなだ》れる。

「よく高校生に見間違《みまちが》えられるけど、大学生だよ。レポートの資料《しりょう》を探《さが》しに来ててさ」

「なんだ、同い年か」

急に親近感が湧《わ》いて来た。加賀美《かがみ》もそれは同じだったようで、通りすがりの千葉県民を輪の中に入れる。

「でも、こんな寒い時にレポートとか、すごく真面目《まじめ》だな。家が近くなの？　東池袋《ひがしいけぶくろ》住まい？」

「ううん。ユーラクチョウに住んでるんだ」

「有楽町《ゆうらくちょう》!?」

僕《ぼく》と加賀美《かがみ》の声が重なる。千葉県民は、しまったと言わんばかりに口を噤《つぐ》んだ。

「すごいね。千代田区民《ちよだくみん》なんて、セレブじゃん！」

加賀美《かがみ》が羨望《せんぼう》の眼差《まなざ》しで見つめる。千葉県民は、気まずそうに苦笑《くしょう》してみせた。

低コストで量産されたような服を着ているというのに、まさかのセレブだったとは。自らがセレブだと隠《かく》すために、敢《あ》えて大衆《たいしゅう》に溶《と》け込《こ》めそうなファッションをしているのだろうか。

きっと、有楽町《ゆうらくちょう》の自宅《じたく》に帰ったら、執事《しつじ》が迎《むか》えてくれるのだろう。毛並《けな》みのいい猫《ねこ》を膝《ひざ》に乗せて、美人に囲《かこ》まれながらワインを片手《かたて》に百万ドルの夜景を眺《なが》めるのだろう。まあ、彼《かれ》に似合《にあ》うのは、和室とあたたかいお茶だけど。

「でも、有楽町《ゆうらくちょう》ならばメトロで一本だし、こんなに寒くても平気だよね。千代田区《ちよだく》の図書館の方が、色々《いろいろ》ありそうだけど……」と加賀美《かがみ》は少しだけ首を傾《かし》げる。

「ま、まあ、大学が豊島区《としまく》だから……」

「池袋《いけぶくろ》の？」

まさか同じ大学じゃないだろうなと思いつつ、千葉県民に尋《たず》ねる。

「うん。西巣鴨《にしすがも》の」

「ああー、あそこか！　確《たし》か、仏教系《ぶっきょうけい》の大学だ。ということは、お寺さんの息子とか？」

「確《たし》かに仏教《ぶっきょう》関係の人が多いけれど、ごく一般的《いっぱんてき》な学科もあるからね!?」

千葉県民は庶民《しょみん》の息子で、ごく一般的《いっぱんてき》な学科を履修《りしゅう》しているのだという。有楽町《ゆうらくちょう》に住むくらいのセレブなので、彼《かれ》が言う庶民《しょみん》がどの層《そう》を指すのか不明だが。

「それにしても、こんなところで千葉県民に会えるなんて、渡《わた》りに舟《ふね》ってやつだな。悪いんだけどさ、千葉について教えてくれない？」

僕《ぼく》は千葉県民に頼《たの》み込《こ》む。すると、千葉県民は「いいよ」とあっさり了承《りょうしょう》した。セレブだけど、純朴《じゅんぼく》な見た目に違《たが》わず良い奴《やつ》だ。

だけど、千葉県民の言葉はそこで終わらなかった。

「千葉県の良さをアピールするチャンスだからね！　千葉県民の千葉県民による千葉県民のための千葉の話、たっぷり聞かせてあげるよ！」

千葉県民の目は非常《ひじょう》に活《い》き活《い》きとしていて、らんらんと輝《かがや》いていた。千代田区《ちよだく》住まいのセレブでも、仏教系《ぶっきょうけい》大学の学生でもなく、彼《かれ》こそが千葉県の化身《けしん》なのではないだろうか。

彼《かれ》の迫力《はくりょく》に圧倒《あっとう》された僕《ぼく》は、ぼんやりとそう思っていたのであった。

どうやら彼《かれ》の名前は、御城彼方《みじょうかなた》というらしい。地味な見た目の割《わり》には、圧倒的個性《あっとうてきこせい》の塊《かたまり》のような名前だ。

僕達《ぼくたち》は、グループで利用出来そうな机《つくえ》の方へと移動《いどう》する。チバニアンのヒントになりそうなことを聞き逃《のが》すまいと、僕《ぼく》はメモを、加賀美《かがみ》はスマホの録音機能《きのう》を使った。

「えっと、千葉のどういうことを聞きたいのかな？」

御城《みじょう》は身を乗り出し気味に尋《たず》ねる。

「うーん。特産品とか？」と僕《ぼく》は加賀美《かがみ》の方を窺《うかが》う。

「そうだね。あと、千葉県の場所は知ってるけど、風土とかは全然知らないし、基本《きほん》的《てき》なことも聞きたいかも」

加賀美《かがみ》は、スマホを御城《みじょう》に向けてそう言った。

「成程《なるほど》。大学の課題か何かかな？」

「まあ、うん。そういうこと」

僕《ぼく》と加賀美《かがみ》は、カクカクと頷《うなず》く。異常気象《いじょうきしょう》の原因《げんいん》がうちのアパートで、実体化したチバニアンを発見して暴走《ぼうそう》を止めなくてはいけないだなんて言ったら、確実《かくじつ》に正気を疑《うたが》われるだろう。

「えっと、まずは……」

御城《みじょう》はこほんと咳払《せきばら》いをする。

「千葉県は北から、下総《しもうさ》と上総《かずさ》と安房《あわ》という三つの地域《ちいき》で分かれているんだ。南方に位置する安房《あわ》は、黒潮《くろしお》の影響《えいきょう》で温暖《おんだん》な気候なんだよ。あそこにはリゾート系《けい》の観光地が多くてね。鴨川《かもがわ》シーワールドっていうシャチを飼育《しいく》している大型《おおがた》の水族館もあるんだ。京都の鴨川《かもがわ》は川だけど、こっちの鴨川《かもがわ》は海沿《うみぞ》いの地域《ちいき》なんだ。野生のアザラシがやって来たこともあるんだよ。海洋生物の中でも、特に海獣《かいじゅう》好きなら、シーワールドに一度行ってみるといい。観光地と言えば、東京ディズニーランドは欠かせないね。でも、東京ドイツ村っていうのもあるんだ。成田国際空港《なりたこくさいくうこう》は、一昔前まで新東京国際《こくさい》空港って呼《よ》ばれていたんだけど、晴れて東京から独立《どくりつ》したんだよ。ディズニーランドもドイツ村も、浦安《うらやす》ディズニーランドとか、袖ケ浦《そでがうら》日本村になればいいのに。独立《どくりつ》と言えば、千葉県は海産物も農作物も観光地も豊富《ほうふ》で、空港もあるんだけど、火山が無くてね。いずれ日本から独立《どくりつ》して千葉国になる時に、それだけがネックかな」

「やばい」

一気にまくし立てる御城《みじょう》を前に、僕《ぼく》の手は止まったままだった。

「千葉県民って、独立《どくりつ》のことまで考えてるのか。埼玉県民は、池袋《いけぶくろ》まで領土《りょうど》を拡大《かくだい》させようと思っている程度《ていど》なのに」

「どっちもどっちだと思うけど」

加賀美《かがみ》はぼやきつつも、必死の形相《ぎょうそう》でスマホの画面を見つめていた。この調子で行くと、御城《みじょう》の千葉トークだけで容量《ようりょう》がいっぱいになってしまいそうだ。

「動物と触《ふ》れ合うなら、成田《なりた》ゆめ牧場やマザー牧場、ダチョウ王国袖ケ浦《そでがうら》ファームもおススメだね。勿論《もちろん》、動物園もあるよ。個人的《こじんてき》には、市原《いちはら》ぞうの国もいいかな。因《ちな》みに、ダチョウ王国では、珍《めずら》しいダチョウ肉カレーなんかも食べられるんだよ」

「ダチョウ食っちゃうの⁉」

「おいしいよ？」

御城《みじょう》はあっけらかんとした顔でそう答えた。

「いやいや。美味《おい》しいのは良いとして、ダチョウと触《ふ》れ合う場所とかじゃないのかよ！」

「ダチョウと触《ふ》れ合ってダチョウを食べる感じかな。アルパカもいるよ。アルパカの肉は出ないけど」

「触《ふ》れ合って……食べる……」

「牧場と同じスタンスじゃないかな。命の尊《とうと》さを学べる場所だよね」

「は、はい……」

うむうむと頷《うなず》く千葉県民に、僕《ぼく》はただ敬語《けいご》で返事をすることしか出来なかった。

「ダチョウ肉かぁ。ぼくは食べたことないな。美味《おい》しいんだったら行ってみたいかも」

適応力《てきおうりょく》のある加賀美《かがみ》は、ダチョウ肉が気になるようだ。でも、僕《ぼく》も熱々《あつあつ》のカレーに入ってたら、つい食べてしまうかもしれない。

「食べ物と言えば、ピーナッツだよね」

「出た！」

得意顔《とくいがお》の御城《みじょう》に、僕《ぼく》は思わず声をあげる。

「っていうか、千葉県ってピーナッツ弄《いじ》りされるけど、そんなにピーナッツを作ってるわけ？」

「良い質問《しつもん》だね、葛城《かつらぎ》君！」

御城《みじょう》の目が更《さら》に見開かれる。このまま、ピーナッツみたいにばりばりと食べられてしまいそうだ。

「国内産のピーナッツの約七割《わり》は、千葉県で作られているんだよ」

「なにそれすごい」

僕《ぼく》と加賀美《かがみ》の声が重なる。

「千葉県で栽培《さいばい》されている品種は、五種類が中心でね」

「ピーナッツに品種が⁉」

「掘《ほ》り起こしたピーナッツを干《ほ》して、自然乾燥《かんそう》をさせる時のぼっち積みの光景が、千葉県ならではの晩秋《ばんしゅう》の風景なのさ」

「ピーナッツって地中に出来るの⁉」

あの、柿《かき》の種《たね》と一緒《いっしょ》にお酒のおつまみになるピーナッツに、まさかそんな背景《はいけい》があったなんて。

「ピーナッツは、殻《から》を被《かぶ》った状態《じょうたい》だと落花生《らっかせい》と呼《よ》ばれているんだ。それは、黄色い花を咲《さ》かせた後、受粉《じゅふん》しためしべの一部が下に伸《の》びて土に突《つ》き刺《さ》さるからなんだ。そのめしべが土の中で膨《ふく》らんで、ピーナッツが出来るというわけだね」

「そうだったのか……。ミラクル過《す》ぎる……」

めしべの一部が地面に突《つ》き刺《さ》さる様子は、全く想像《そうぞう》が出来ない。これは最早《もはや》、ピーナッツを栽培《さいばい》した時の定点観測《かんそく》動画を探《さが》すしかないのではないだろうか。

「他に有名なのは、スイカやびわかなぁ。富里《とみさと》市のスイカは糖度《とうど》が高くてね。毎年、スイカが穫《と》れる時期になると、富里《とみさと》スイカロードレースっていうのをやるんだよ」

曰《いわ》く、レースの給水所に、水の代わりにスイカが置いてあるのだという。富里《とみさと》のスイカは瑞々《みずみず》しくて甘《あま》いので、選手達の疲《つか》れと渇《かわ》きを癒《いや》してくれるということだ。

びわは、明治《めいじ》時代から皇室《こうしつ》に献上《けんじょう》され続けているらしい。ピーナッツほどではないものの、びわを使ったお土産《みやげ》も多いのだという。

「すごいな。千葉のアンテナショップがあったら寄《よ》ってみたくなって来た……」

「千葉県の銘菓《めいか》たる、なごみの米屋の和菓子《わがし》ならば、池袋《いけぶくろ》のデパートでも扱《あつか》ってるよ。日本全国のお土産《みやげ》を扱《あつか》っているコーナーに行くといいんじゃないかな。そこに、僕《ぼく》イチオシの『ぴーなっつ最中《もなか》』があるし」

「へー。だってさ、加賀美《かがみ》。後で寄《よ》ろうぜ」

僕《ぼく》が加賀美《かがみ》にそう振《ふ》ると、加賀美《かがみ》の肘鉄《ひじてつ》が僕《ぼく》の脇腹《わきばら》にめり込《こ》んだ。

「ふごぉ⁉」

「このあんぽんたん！」

「出た、失われた言語！」

僕《ぼく》は、肘鉄《ひじてつ》を受けた脇腹《わきばら》を擦《さす》りながら呻《うめ》いた。僕達《ぼくたち》のやり取りを見ていた御城《みじょう》は、当たり前だけど目を丸くしている。

「ぼく達の目的は、ピーナッツに詳《くわ》しくなることじゃないだろ⁉」

「そ、そうだった」

「そうだったの？」

持ち直す僕《ぼく》に、首を傾《かし》げる御城《みじょう》。こいつも、なかなかに天然だ。

「千葉については、お陰《かげ》で何となく分かったよ。でも、もう少し地学的なことを知りたいというか……」

加賀美《かがみ》の言葉に、「地学的なことねぇ」と御城《みじょう》は呟《つぶや》いた。

「関東ローム層《そう》だとか」

「うんうん。そこに地球の歴史要素《れきしようそ》があるといいかも」

「ナウマンゾウの化石が見つかったとか」

「それだ！」

今度は、僕《ぼく》と加賀美《かがみ》が身を乗り出す番だった。

「見つかったのは印旛村《いんばむら》――今の印西《いんざい》市だっけ。僕《ぼく》の住んでいる下総《しもうさ》の辺りなんだ。貝塚《かいづか》があったり、古墳《こふん》があったりしてね。あの辺は昔から人が住んでいたのかも」

「ふむふむ。古墳《こふん》だと最近過《す》ぎるかな。貝塚《かいづか》ならば、ギリギリで入るかも」

「何が？」と、御城《みじょう》は僕《ぼく》の呟《つぶや》きに首を傾《かし》げる。

「ああ、何でもない！　何でもないです！」

僕《ぼく》と加賀美《かがみ》は、手をぶんぶんと振《ふ》った。

「そ、そうだ！　チバニアンについて、何か知ってる!?」

加賀美《かがみ》はストレートな質問《しつもん》をぶつける。

すると、御城《みじょう》の表情《ひょうじょう》がぱっと輝《かがや》いた。

「勿論《もちろん》！　ただ、専門的《せんもんてき》なことはそんなに知らないけど……」

「分かることだけでいいから！」

「チバニアンは、養老川沿《ようろうがわぞ》いの露頭《ろとう》で見つかった、珍《めずら》しい地層《ちそう》だよね。地球のS《エス》極とN《エヌ》極が逆転《ぎゃくてん》したっていう時代の。地磁気《ちじき》が逆転《ぎゃくてん》するなんて、想像《そうぞう》もつかないなぁ」

そう言う御城《みじょう》に、僕達《ぼくたち》は「ははは……」と乾《かわ》いた笑いしか出て来なかった。

「あそこは、海底で堆積《たいせき》した地層《ちそう》が隆起《りゅうき》したものが、養老川《ようろうがわ》の浸食《しんしょく》作用で崖《がけ》になったんだ。そのお陰《かげ》で、観察出来るようになったのさ」

「へー、成程《なるほど》ねぇ」

僕《ぼく》は養老川《ようろうがわ》とやらの様子を思い描《えが》く。

「火山が噴火《ふんか》すると、溶岩《ようがん》が出るよね。それが冷えて固まった時、溶岩《ようがん》に含《ふく》まれている磁石《じしゃく》のような成分が、地磁気《ちじき》に沿《そ》った向きに並《なら》ぶんだ。今回は確《たし》か、御嶽山《おんたけさん》が七十七万年前に噴火《ふんか》した時の火山灰燼《かいじん》が手掛《てが》かりになったらしいけど」

「すごいな、チバニアン博士《はかせ》じゃないか！」

「僕《ぼく》が知っているのはここまで。これも、千葉の情報誌《じょうほうし》の受け売りだよ」

御城《みじょう》は照れくさそうに、そう言った。

「そうそう。千葉と言えば、他にも、印旛沼《いんばぬま》の龍《りゅう》伝説とか」

「ファンタジーは違《ちが》うんだよ！　興味《きょうみ》あるけど！」

洪水《こうずい》を起こしたり生贄《いけにえ》を求めたりする悪い竜《りゅう》を退治《たいじ》する話だろうか。ファンタジー好きとしては気になるけれど、脱線《だっせん》して長引かせると、加賀美《かがみ》のスマホが悲鳴をあげるかもしれない。

その後も、度々脱線《たびたびだっせん》しそうになる話をなんとか戻《もど》しながら、手掛《てが》かりになりそうな話を聞き出したのであった。

濃《こ》い時間だった。

僕《ぼく》と加賀美《かがみ》は、メトロに揺《ゆ》られながら深い溜息《ためいき》を吐《つ》く。僕達《ぼくたち》の手には、『千葉県の形をした赤い犬のようなマスコットキャラクター』のアクリルキーホルダーが握《にぎ》られていた。「これ、幾《いく》つか持っているから」と御城《みじょう》がくれたものである。何で幾《いく》つも持っているのか疑問《ぎもん》だったものの、聞くとキリが無さそうなのでやめておくことにした。

「布教《ふきょう》用だったのかな」

「そうかも……」

加賀美《かがみ》はうつむいたまま、相槌《あいづち》を打つ。

「どうしたんだよ。あの龍《りゅう》伝説を引きずっているわけ？」

「うるさいな。葛城《かつらぎ》だって、目が腫《は》れてるぞ」

「えっ、マジで⁉」

僕《ぼく》は思わず顔を逸《そ》らす。

結局、御城《みじょう》からは印旛沼《いんばぬま》の龍《りゅう》伝説とやらを聞いてしまった。それは、ファンタジーゲームに出て来るような悪《あ》しき竜《りゅう》との戦いではなく、干《かん》ばつで苦しむ人のために禁《きん》を破《やぶ》って雨を降《ふ》らせ、龍《りゅう》の王様に三つ裂《さ》きにされてしまった優《やさ》しい龍《りゅう》の悲しいお話だった。

「ぼく、この件《けん》が終わったら、龍《りゅう》の一部が祀《まつ》られているっていうお寺に行ってみようかな……」

「そうだな……。印旛沼《いんばぬま》にも行こうか……」

僕達《ぼくたち》は、すっかりしんみりした気持ちになっていた。池袋《いけぶくろ》駅で降《お》り、地下から地上へと出た途端《とたん》、湿《しめ》っぽい空気を吹《ふ》き飛ばさんばかりに、刺《さ》すような風が僕達《ぼくたち》を貫《つらぬ》く。

「さっっっむ！」

「死ぬ死ぬ！　寒さで三つに裂《さ》ける！」

僕《ぼく》と加賀美《かがみ》は悲鳴をあげる。図書館とメトロの中で少し温まった身体《からだ》は、一気に冷えてしまった。

「早く馬鐘荘《バベルそう》に戻《もど》ろう！　この寒さをどうにかしないと！」

「ああ。僕達《ぼくたち》は以前の僕達《ぼくたち》じゃない。千葉力が上がったもんな！」

有《あ》り難《がと》う、御城《みじょう》。有《あ》り難《がと》う、千葉県。

僕達《ぼくたち》はこの力を以《もっ》て、豊島区《としまく》を救《すく》ってみせる。


そんな僕《ぼく》らを馬鐘荘《バベルそう》で待っていたのは、エクサだった。

「おかえり。その様子だと、手掛《てが》かりは見つかったみたいだね」

「勿論《もちろん》。今の僕達《ぼくたち》の千葉力は半端《はんぱ》ないぞ」

「なにその、千葉力って……。まあ、いいけど」

エクサは半分あきれ顔だ。

「メフィストさんは？」

「買い物。よく分からない生き物の毛皮のコートを着て、買い出しに行ったよ。マキシマム君はそれに同行した」

「何日分か買い込《こ》むつもりなんだろうなぁ……」

ファウストさんの行方《ゆくえ》は、敢《あ》えて聞かなかった。名前を口にしたら唐突《とうとつ》に現《あらわ》れて物事を引っかき回そうだし、必要な時には来てくれるだろうから。

「で、行くの？」

エクサは親指を立てて、中期更新世《こうしんせい》の扉《とびら》の方角を指す。

「まあ、早い方がいいかなって……」

加賀美《かがみ》の方を窺《うかが》うと、加賀美《かがみ》もこくりと頷《うなず》いた。

「そう。それじゃあ、ついて行ってあげてもいいよ」

「え？」

「護衛《ごえい》をしてあげるっていうのさ。生身の訓練されていない人間が、武器《ぶき》も持たずに大型《おおがた》の肉食恐竜《きょうりゅう》が出現《しゅつげん》するところへ行くなんて、無謀《むぼう》だろう？」

「まあ、そうだけど」

僕《ぼく》と加賀美《かがみ》は顔を見合わせる。

「その顔は、信用していないね？」

エクサは探《さぐ》るように言った。

「いやいや、まさか！」

「心拍数《しんぱくすう》が上がったよ」

必死に否定《ひてい》する僕《ぼく》に、エクサは肩《かた》をすくめてみせた。

僕《ぼく》は気付いてしまった。そう言えば、エクサと地底世界に潜《もぐ》るのは、初めてだと。

加賀美《かがみ》も、それに気づいたに違《ちが》いない。

しかも、今はマキシもメフィストさんもファウストさんもいない。かつて、人類を支配下《しはいか》に置こうと考えたエクサと、無力な一般《いっぱん》市民である僕達《ぼくたち》が地底世界に行って大《だい》丈夫《じょうぶ》だろうか。

「葛城《かつらぎ》……」

どうする、と聞かんばかりに加賀美《かがみ》が声をかける。

「僕《ぼく》という武器《ぶき》があれば、物事もはかどるのではないかと思うんだけど。まあ、連れて行くか行かないかは、君達に委《ゆだ》ねるよ」

どうする、と聞かんばかりにエクサが続ける。

「まあ、何とかなる」

僕《ぼく》が出した結論《けつろん》は、それだった。

「三人で行こう。三人寄《よ》れば文殊《もんじゅ》の知恵《ちえ》だし、行き詰《づ》まっても道が開けるに違《ちが》いない」

「へぇ？　三人でいいわけ？」

エクサはこちらを探《さぐ》るように尋《たず》ねる。その言葉には、意図がたくさん含《ふく》まれているように聞こえた。

素直《すなお》で真面目《まじめ》なマキシならば、三人という単位を訂正《ていせい》しようとするかもしれない。

アンドロイドの数を数えるのは、一体、二体もしくは、一機、二機だからと。

でも、ちょっとひねくれもののエクサは、それだけではないように思えた。

「……いいんだ」

エクサの意図を必死で理解《りかい》しようとしながら、僕《ぼく》は答える。

「エクサは武器《ぶき》じゃなくて、頼《たの》もしい仲間だし。そういう意味ではみんな同じだから、僕《ぼく》は相手が誰《だれ》であろうと、一人、二人って数えてる」

「ふぅん」

エクサが目を細める。加賀美《かがみ》も、うんうんと頷《うなず》いていた。

「それじゃあ、タマはどうするんだい？」

「た、タマかぁ。タマは一匹《ぴき》って数えてた気がする……！」

鋭《するど》いツッコミに、僕《ぼく》は頭を抱《かか》えた。

「そう言えば、ヴェロキラプトルはどう数えたらいいんだろうね。ジュラシックパークのいかにも恐竜《きょうりゅう》っぽい姿《すがた》を見ると、一体、二体って感じだけど、うちのタマはモフモフで鳥っぽいから、一羽、二羽かもって」

加賀美《かがみ》が腕《うで》を組んで考え込《こ》む。話がややこしくなってきた。

「まあ、いいや。おおよその意思の疎通《そつう》が出来る相手を人扱《ひとあつか》いするという定義《ていぎ》は理解《りかい》出来たよ」

エクサの顔から、試すような表情《ひょうじょう》が消えた。

「改めて、よろしく。一先《ひとま》ず、カズハ君に主導権《しゅどうけん》を託《たく》すよ。君はリーダーの素質《そしつ》がありそうだ」

「ヒィ」

よろしく、と返すはずが、心の悲鳴が口から漏《も》れる。さらりと、責任《せきにん》重大な立場になってしまった。

「頑張《がんば》ってね、リーダー」

加賀美《かがみ》が僕《ぼく》のことを小突《こづ》く。明らかに面白《おもしろ》がっている態度《たいど》だ。

「何で僕《ぼく》が……」

「人間に近いというコンセプトの下で作られている僕《ぼく》でも、柔軟性《じゅうなんせい》は人間に劣《おと》るからね。外見的なカリスマ性《せい》はカオルさんの方が高いけれど、他者の考えを見抜《みぬ》き適切《てきせつ》な答えを出すというカズハ君の方が、内面的なカリスマ性《せい》が高い。よって、僕《ぼく》は君に一票投じたのさ」

「褒《ほ》められて気恥《きは》ずかしいけど、ぼ、僕《ぼく》を上手《うま》い具合に乗せようとしてない⁉」

「そこは疑《うたが》うんだ……」

エクサはあきれ顔だ。

「いいじゃん。小学校の班長《はんちょう》みたいなものだって。号令を掛《か》けたり、危険《きけん》な時に真っ先に飛び出したり、正体不明の食べ物を毒見《どくみ》してくれるだけで良いって」

加賀美《かがみ》はそう言いながら、ぐいぐいと僕《ぼく》の背中《せなか》を押《お》す。

「小学校の班長《はんちょう》は、そんな危険《きけん》なことしないからな！」

「食べ物を加熱する時は、僕《ぼく》に言ってね。加熱しても死なない菌《きん》もいるみたいだけど」

エクサは加賀美《かがみ》の後ろから、悠々《ゆうゆう》とついてくる。

「くそぉ！　食中毒《しょくちゅうどく》で死んだら化《ば》けて出てやる！　ファウストさんみたいに米びつを

空《から》にしてやる！」

　加賀美《かがみ》とエクサは、妙《みょう》に息が合いそうだ。人を弄《いじ》るのが好きそうな二人に囲《かこ》まれて、僕《ぼく》はこちらに戻《もど》って来るまで生きていられるだろうか。

　そうこうしているうちに、中期更新世《こうしんせい》の扉《とびら》の前へとやって来る。

「ええい、ままよ！」

　いざ、チバニアン探《さが》しに出発だ。

　僕《ぼく》は御城《みじょう》から貰《もら》った、赤い犬のような生き物のアクリルキーホルダーを、お守りのようにぎゅっと握《にぎ》りしめたのであった。


　ぼんやりと明るい空が、僕達《ぼくたち》を迎《むか》える。

　空と言っても、抜《ぬ》けているわけではない。地底世界なので、岩肌《いわはだ》の天井《てんじょう》がある。だけど、何らかの光を発する物質《ぶっしつ》が、真っ暗なはずの地下を曇《くも》りの日の昼間のように照らしていた。

「あれ？　少しだけ雰囲気《ふんいき》が変わったような……」

　以前は、木々《きぎ》に囲《かこ》まれた森のような場所に出た。

しかし、今回は水辺だ。流れが穏《おだ》やかな川が、サラサラと流れている。その周囲《しゅうい》の木々《きぎ》は生い茂《しげ》っているものの、以前に見た植物とは雰囲気《ふんいき》が異《こと》なっていた。

「ここは不安定でね。僕《ぼく》とマキシマム君が調査《ちょうさ》に来る度《たび》に変化していたんだ」

エクサは、用心深く辺りを見回す。

「本当に、混乱《こんらん》しているみたいだな」

「時間が経《た》てば少しはマシになるかと思ったんだけど、そうでもないようだね」

エクサは小さく溜息《ためいき》を吐《つ》いた。

「まあ、自然に治まるのはいつのことやらって感じだしな。一先《ひとま》ず、チバニアンっぽいものを探《さが》すか」

水辺には、生き物がちらほらといる。その中には、あの海苔《のり》巻きのような歯をしたデスモスチルスもいた。第四紀《き》以前の、第三紀《き》にいた生き物だ。それでも、新生代《しんせいだい》の生き物なので、アロサウルスやメガネウラほどの誤差《ごさ》はないが。

「チバニアンっぽいものの見当はついたのかい？」

エクサは、僕《ぼく》と加賀美《かがみ》に問う。

「まあね。千葉の伝道師《でんどうし》から色々《いろいろ》と聞いたから」

「そうそう。銚子《ちょうし》は黒潮《くろしお》と親潮《おやしお》がぶつかるところだから、魚が獲《と》れやすいとかね」

僕《ぼく》と加賀美《かがみ》は、得意《とくい》げに語る。

「えっ、どうして千葉の水産業に詳《くわ》しくなってるの？　それは今回必要な知識《ちしき》……？」

エクサはドン引きだった。

こういう時、マキシならばツッコミでバッサリ斬《き》ってくれるか、検索《けんさく》した知識《ちしき》を畳《たた》みかけてくれるかのどちらかなのに。人間らしい中途半端《ちゅうとはんぱ》さで引かれると、薄《う》っすらと傷《きず》つく。

「必要かどうかは別として、千葉には詳《くわ》しくなったんだよ……！」

「それは何より。僕達《ぼくたち》だとネットワーク上の情報《じょうほう》を引き出すことは出来るけれど、自主的に絞《しぼ》るのは難《むずか》しくてね。インターネットの検索《けんさく》のように、関連項目《こうもく》をひたすら並《なら》べることになってしまうから」

「まあ、千葉の伝道師《でんどうし》はことごとく千葉の良さをアピールしようとねじり込《こ》んで来たけど……」

御城《みじょう》のごり押《お》しを思い出し、僕《ぼく》の目が遠くなる。

「よく分からないけれど、なんかすごい人に会ったんだね……」

エクサの視線《しせん》は、いささか同情的《どうじょうてき》だ。

「そうそう。寧《むし》ろ、あいつがチバニアンの化身《けしん》なんじゃないかと思うくらいだよ……」

僕《ぼく》も、いつか彼《かれ》のように埼玉を語れる日が来るのだろうか。川越《かわごえ》は良い雰囲気《ふんいき》だし、秩父《ちちぶ》も面白《おもしろ》いらしいので、その辺から攻《せ》めていければと思う。

それはさて置き。

「袖ケ浦《そでがうら》ってところでは、中期更新世《こうしんせい》の地層《ちそう》からナウマンゾウが出たらしくてさ。そこで、ニホンジカやカメも出たんだってさ」

「へえ。ナウマンゾウが生きていたのは、チバニアンの時代だしね。チバニアンの化身《けしん》というのに相応《ふさわ》しいかもしれない。ニホンジカや日本固有のカメが発見されたという情報《じょうほう》も、ネットワーク上の資料《しりょう》と一致《いっち》したね」

エクサは、千葉の伝道師《でんどうし》から貰《もら》った情報《じょうほう》を、ネットワーク上の資料《しりょう》と照らし合わせてくれているらしい。これならば、情報《じょうほう》の精度《せいど》が高くなるだろう。

「それにしても、千葉にシカがいたんだね。奈良にしかいないかと思ってた」

加賀美《かがみ》は千葉の伝道師《でんどうし》の話を思い出しつつ、そう言った。

「住処《すみか》を追われちゃったとか、あとは、捕食者《ほしょくしゃ》に食べられちゃったとかかな」

でも、シカは今でも奈良以外にもいるからな、と僕《ぼく》は加賀美《かがみ》に補足《ほそく》する。

「捕食者《ほしょくしゃ》って、肉食獣《にくしょくじゅう》とか？」

「人類も、かな」

エクサはぽつりと呟《つぶや》いた。

「あ、そうか。この時代はもう、人類がいたんだ」

「まだ、石器を使っている段階《だんかい》だけどね。石器と言うと、僕《ぼく》らのご先祖様《せんぞさま》であり、始祖《しそ》さ。君達で言うミロクンミンギアみたいなものかな」

ミロクンミンギアとは、最古の魚類にして脊椎《せきつい》動物の始祖《しそ》らしい。エクサの言葉に、成程《なるほど》と僕《ぼく》と加賀美《かがみ》は膝《ひざ》を打つ。

「そっか。人類初の道具……！　そう考えるとすごいな……」

「それじゃあ、この地底世界では、エクサ達のご先祖様《せんぞさま》に会えるかもしれないってこと？」

「多分ね」

エクサは、意外とクールに相槌《あいづち》を打った。

「あれ？　ご先祖様《せんぞさま》に会えるって、感動しない？」

加賀美《かがみ》の問いに、「さあ」とエクサは曖昧《あいまい》に答えた。

「僕《ぼく》のプログラムがどう作用するか、予想がつかなくてね。君達は、ミロクンミンギアを見て感動するかい？」

こういうやつ、とエクサはご丁寧《ていねい》に、枝《えだ》を拾って地面に絵を描《か》いてくれる。

「なにそれ、わらじ？」

加賀美《かがみ》は目を瞬《しばた》かせる。そう言いたくなる気持ちは、大変よく分かる。

大地に堂々《どうどう》と描《えが》かれたのは、どう見ても背鰭《せびれ》の生えたわらじであった。魚類と言えるのかも怪《あや》しいシロモノだ。

「ほら、この程度《ていど》の反応《はんのう》さ。言っておくけれど、僕《ぼく》の絵心とやらが無いわけじゃない。君達の時代では、復元《ふくげん》するとこんな風になるとされているのさ」

「うーん。これだと、感動するよりも、なんだろうこの生き物っていう感想の方が強いなぁ……」

よくまあ、背鰭《せびれ》の生えたわらじから人類に進化したものだと感心してしまう。

「こういうのは、意外とマキシマム君の方が、情緒《じょうちょ》が豊《ゆた》かかもしれないね。僕《ぼく》は動植物を守ろうとは思うけど、愛《め》でようとは思わない。他にも、彼《かれ》と話している時に、人間らしい――いや、人間以上に感情《かんじょう》が豊《ゆた》かだと思う時がある」

エクサが言っているのは、マキシの部屋にある苔盆栽《こけぼんさい》のことだろう。マキシはかいがいしく世話をしているようで、彼《かれ》の部屋の苔盆栽《こけぼんさい》はいつも元気に湿《しめ》り気《け》を帯びていた。

「じゃあ、石器を見つけたら持って帰ろう。マキシに見せたい」

「いいんじゃないかな。君達の祖先《そせん》に刺《さ》されない程度《ていど》なら」

エクサはさらりと恐《おそ》ろしいことを言いつつ、水辺の動物達に向き直った。

「あっ」

つられて振《ふ》り返った加賀美《かがみ》が声をあげる。

「シカが来たよ。あれじゃない？」

加賀美《かがみ》が指さす方向には、つぶらな瞳《ひとみ》のシカがいた。ひょこひょこと木々《きぎ》の向こうから顔を出し、喉《のど》を潤《うるお》すために水辺へとやって来る。

「近づいてみよう」

僕《ぼく》は足音を忍《しの》ばせる。

こういう時は、目を合わせない方が良かったはずだ。見られていると分かれば、向こうは警戒《けいかい》して逃《に》げてしまう。

「さも、自分が水を飲みに来た草食動物のつもりで行くんだ。目を合わせずに、ゆっくりと……」

僕達《ぼくたち》三人は、そうやってニホンジカに歩み寄《よ》る。ニホンジカは、耳をぴくぴくとさせながら顔を上げるものの、僕《ぼく》らが視線《しせん》をそらしていたのに安堵《あんど》してか、再《ふた》び、水を飲み始める。

ゆっくりと、だが確実《かくじつ》に、ニホンジカのすぐそばまでやって来た。

さて、この後はどうしよう。

「えっと」

僕《ぼく》が声をかけると、ニホンジカはぴくんと耳を動かす。驚《おどろ》かせないように、極力抑《おさ》えた声で続けた。

「チバニアンですか？」

単刀直入に尋《たず》ねてみた。

しかし、ニホンジカはつぶらな瞳《ひとみ》でじっとこちらを見るだけで、何も答えない。

「そ、そりゃそうだよな。これで『はい』とか『いいえ』とか言われたらびっくりだよ」

そうぼやく僕《ぼく》の耳に、「はい」という声が届《とど》いた。

「ええ⁉」

「しっ。静かにしてよ」

それは、加賀美《かがみ》の声だった。しかも、別に僕《ぼく》の質問《しつもん》に答えてくれたわけじゃなくて、ニホンジカに餌《えさ》を与《あた》えようとしただけだった。

「なにそれ、煎餅《せんべい》？」

「そう。奈良のシカは、煎餅《せんべい》が好きだから」

加賀美《かがみ》が持っているのは、しょうゆやザラメが載《の》っている煎餅《せんべい》ではなく、赤ちゃんが食べるようなソフト煎餅《せんべい》だった。

「なんで、そんなお菓子《かし》持ってるんだよ……」

「美容《びよう》と健康にいいからだよ。あと、赤ちゃんのようなもち肌《はだ》になるかもしれないし」

前半はなるほどと思うものの、後半は同意出来ない。

ニホンジカは煎餅《せんべい》の匂《にお》いをふんふんと嗅《か》ぐと、遠慮《えんりょ》なくぱくりと食いついた。

「あっ、食べた」

「かわいいー」

加賀美《かがみ》はニホンジカを撫《な》でてやる。ニホンジカはすっかり慣《な》れていて、頭を触《さわ》られても平気だった。

「流石《さすが》は動物に好かれる加賀美《かがみ》……。その勢《いきお》いで、チバニアンかどうかを聞いてみてくれないか？」

「どうやら、チバニアンではないようだよ」

答えたのは、加賀美《かがみ》とニホンジカの様子を眺《なが》めていたエクサだった。

「あっ、見た目で分かる系《けい》？」

「周辺のデータを解析《かいせき》した結果、そう判断《はんだん》したのさ。魔力的《まりょくてき》なものを直接観測《ちょくせつかんそく》出来るといいんだけどね。でも、魔法《まほう》の技術《ぎじゅつ》は僕《ぼく》に使われてないし」

エクサは肩《かた》を竦《すく》める。

「そっか。確《たし》か、マキシも……」

「だから、間接的に観測《かんせつてき かんそく》するしかないのさ。概念《がいねん》世界やら魔力界《まりょくかい》とやらの影響《えいきょう》が強ければ、物質界《ぶっしつかい》にも影響《えいきょう》が出るし。君達の時代で言うと、スーパーカミオカンデが間接《かんせつ》的《てき》にニュートリノを観測《かんそく》しようとしているのと似《に》ているのかな」

「ごめん。多分、すごく分かり易《やす》く説明してくれたんだと思うんだけど、サッパリ分からなかった……。あとでググるわ……」

「あ、うん」

申《もう》し訳《わけ》なさしかない僕《ぼく》に、エクサが諦《あきら》めきった顔で相槌《あいづち》を打った。

そうしているうちに、川沿《かわぞ》いに並《なら》ぶ木々《きぎ》を押《お》しのけ、巨大《きょだい》な影《かげ》がぬっと現《あらわ》れた。

「まさか、あの時のアロサウルス……！」

僕《ぼく》は思わず、ニホンジカ達を庇《かば》おうとするものの、アロサウルスのようにすらりとしたシルエットではなく、ずんぐりとしていた。

「あっ、ナウマンゾウだ！」

ゆらゆらと揺《ゆ》れる長い鼻の、けむくじゃらのゾウだ。

マンモスに似《に》ているけれど、少しだけ毛が短いような気がする。寒冷地域《ちいき》に住んでいたマンモスに対して、ナウマンゾウは比較的暖《ひかくてきあたた》かい日本に住んでいたからだろう。

ナウマンゾウは長い鼻を持ち上げ、トランペットのように鳴く。こうして見ると、大型《おおがた》の哺乳類《ほにゅうるい》もカッコいい。

だが、その足元にある大きな石に、僕《ぼく》は違和感《いわかん》を覚えた。

「あれ、カメじゃないか？」

「えっ？」

加賀美《かがみ》とエクサの声が重なる。三十センチほどの大きな石かと思いきや、それには、手足が生えていた。

ナウマンゾウは気付かない。そもそも、巨大《きょだい》なゾウの視界《しかい》には入らないだろう。

「まずい……！」

危険《きけん》を悟《さと》ったカメは、さっと手足を引《ひ》っ込《こ》めて本当の石みたいになる。でも、それは逆効果《ぎゃくこうか》だ。カメの甲羅《こうら》が幾《いく》ら固くても、ナウマンゾウの体重に耐《た》えられるわけがない。

「あっ、葛城《かつらぎ》！」

「カズハ君！」

気付いた時には、僕《ぼく》は走っていた。

シカの群れを掻《か》き分け、ナウマンゾウの前を横切り、石に擬態《ぎたい》する亀《かめ》の甲羅《こうら》を引っ摑《つか》む。

だが、突然《とつぜん》、妙《みょう》な生き物が横切ったことに興奮《こうふん》したナウマンゾウが、サイレンのような雄叫《おたけ》びをあげて、前脚《まえあし》を振《ふ》り上げた。

「ぎゃー、落ち着いて！」

「仕方ないなぁ」

すぐそばで、エクサの声がした気がする。気のせいかと思ったその時には、僕《ぼく》の身体は宙《ちゅう》に浮《う》いていた。

「う、うわああっ⁉」

「暴《あば》れないでよ。川の中に放り投げるよ」

僕《ぼく》は、エクサに抱《かか》えられて飛んでいた。眼下《がんか》には、長い鼻をぶんぶんと振《ふ》り回しているナウマンゾウがいる。

そうか。エクサが文字通り飛んで来て、助けてくれたのか。

「あ、ありがとう……」

「まったく。僕《ぼく》に指示《しじ》してくれれば、僕《ぼく》がカメを助けるのに。まあ、教えて貰《もら》った時点で助けるけど」

「そうだよね……。いやはや……」

「別にいいけどさ。こういう時のために、僕《ぼく》がいるわけだし」

エクサはナウマンゾウから少し離《はな》れた木陰《こかげ》で、僕《ぼく》を下ろしてくれた。加賀美《かがみ》も、ニホンジカと別れて、走ってやって来た。

「大丈夫《だいじょうぶ》⁉」

「うん。エクサのお陰《かげ》で無傷《むきず》……」

血相を変えて走って来る加賀美《かがみ》に、申《もう》し訳《わけ》なくなりながらも答える。だけど、加賀《かが》美《み》の答えはあっさりとしたものだった。

「いや、カメが」

「カメの心配⁉　いや、まあ、こっちもエクサのお陰《かげ》で無傷《むきず》だけど⁉」

手足と頭を引《ひ》っ込《こ》めたままのカメを、地面へとそっと下ろす。すると、カメはそろそろと手足を出し、外を窺《うかが》うように頭を出した。

「それにしても、大きいカメだなぁ。これって、もしかして」

「ニホンハナガメ。ナウマンゾウと一緒《いっしょ》に千葉で発見された、日本古来のカメだね」

エクサは、じーっと僕達《ぼくたち》の方を見つめるカメを眺《なが》めつつ、そう言った。

「それじゃあ、このカメも千葉のフレンズってことか……」

「チバニアンなのかな？」

加賀美《かがみ》もカメを見つめる。

カメのつぶらな瞳《ひとみ》と、僕達《ぼくたち》の視線《しせん》が絡《から》み合う。数秒の沈黙《ちんもく》と緊張感《きんちょうかん》の後、先に目をそらしたのはカメの方だった。

カメは、のこのこと僕達《ぼくたち》に背《せ》を向けて歩き出す。そして、何故《なぜ》か茂《しげ》み下を掘《ほ》り始めた。

「こ、これは、浦島太郎《うらしまたろう》シチュエーションだよな。カメの恩返《おんがえ》しってやつじゃないか？　ここ掘《ほ》れカメカメって感じの」

「葛城《かつらぎ》、混《ま》ざってる混《ま》ざってる」

加賀美《かがみ》にツッコミをされつつ、僕《ぼく》はカメの動向を見守る。

しばらく掘《ほ》ると、カメはぴたりと前脚《まえあし》を止めた。

そして、首だけ僕《ぼく》らの方へと向けると、何かを訴《うった》えるような眼差《まなざ》しを残し、その場を去って行く。

　カメが掘《ほ》った後を見てみると、そこには飴色《あめいろ》の綺麗《きれい》な石が沢山《たくさん》入っていたのであった。


「それで、昔の動物達と親睦《しんぼく》を深めて、お土産《みやげ》までもらって満足して帰った――と」

　馬鐘荘《バベルそう》へと帰還《きかん》した僕達《ぼくたち》は、帰って来たメフィストさんとマキシに鉢合《はちあ》わせをした。

　何か成果があったかとウキウキするメフィストさんに、僕達《ぼくたち》はシカが可愛《かわい》かったことと、ナウマンゾウがおっかなかったことと、カメが義理堅《ぎりがた》かったことを報告《ほうこく》し、飴色《あめいろ》の綺麗《きれい》な石を見せた。

「まあ、簡単《かんたん》にチバニアンが見つかるとも思ってませんけどね。いやはや、一刻《いっこく》も早く、あの平和な豊島区《としまく》に戻《もど》って欲《ほ》しいものです」

「平和、かなぁ……」

　馬鐘荘《バベルそう》があることも含《ふく》めて、僕《ぼく》は異議《いぎ》があった。

「それにしても」

　報告《ほうこく》を聞いていたマキシは、メフィストさんの買い出しの荷物を軽々《かるがる》と運びつつこう言った。

「千葉の同じ地層《ちそう》で発見された古生物が現《あらわ》れたということは、やや安定したのかもしれないな。あのフロアの地底世界に行った、カズハとカオルの影響《えいきょう》を受けているのかもしれない」

その言葉に、僕《ぼく》と加賀美《かがみ》は顔を見合わせる。

「僕達《ぼくたち》が千葉に詳《くわ》しくなったのは、無駄《むだ》じゃなかったのか……」

「それじゃあ、このまま千葉に詳《くわ》しくなれば、チバニアンを見つけなくても何とかなるかも!?」

「それとこれとは別ですよ。影響《えいきょう》を受けているのは、否定《ひてい》しませんけど」

メフィストさんは、溜息《ためいき》まじりにそう言った。

「それくらいでどうにかなるのなら、私《わたし》だって夕食の献立《こんだて》は千葉県産の野菜づくしにしますよ。ただまあ、かなり探《さが》し易《やす》くなったのではないでしょうか」

曰《いわ》く、千葉への理解《りかい》を深めることで、千葉に関連しないものが排除《はいじょ》される。そうすると、地底世界の密度《みつど》も減《へ》り、結果的に、今までは埋《う》もれていたチバニアンの化身《けしん》を見つけ易《やす》くなるのだという。

「まあ、あと一押《ひとお》しってところでしょうかね。引き続き、調査《ちょうさ》を続けましょうか。今日はもう遅《おそ》いですし、明日にでも」

メフィストさんはそう言って、食堂《しょくどう》の厨房《ちゅうぼう》へと向かう。荷物持ちをしてやっているマキシは、「また」と僕達《ぼくたち》に軽く会釈《えしゃく》をすると、メフィストさんについて行った。

「あの二人も、すっかり打《う》ち解《と》けたなあ」

僕《ぼく》はその背中《せなか》を見つめながら、しみじみと言う。

「最初は殺《ころ》し合う仲だったのにね」と加賀美《かがみ》も苦笑《くしょう》した。

「へぇ、想像《そうぞう》出来ないな」

エクサは、目を丸くする。

「一つ屋根の下にいれば、そのうち打《う》ち解《と》けるもんさ。エクサだって――」

「僕《ぼく》？」

「ああ。今日はありがとう。チバニアンは見つからなかったけど、僕《ぼく》はナウマンゾウに踏《ふ》み潰《つぶ》されてぺらぺらにならずに済《す》んだし、こんなに綺麗《きれい》な石を手に入れられたし」

僕《ぼく》は、飴色《あめいろ》の石を照明に透《す》かしてみせる。「ぼくも、ありがと！」と加賀美《かがみ》もまた、飴色《あめいろ》の石を掲《かか》げてみせた。

「……まあ、礼を言われるのは悪くないかもしれないね」

エクサはポケットに入れていた飴色《あめいろ》の石を一瞬《いっしゅん》だけ見せたかと思うと、すぐにしまい込《こ》んでしまった。

「あと、これは琥珀《こはく》。恐《おそ》らく、銚子《ちょうし》で発見されるやつじゃないかな。一億年くらい前の樹脂《じゅし》が固まったものだね」

「えっ、マジで⁉」

「そんなのも出るんだ。千葉は侮《あなど》れないね……」

僕《ぼく》と加賀美《かがみ》が息を呑《の》んでいる隙《すき》に、エクサはさっさと踵《きびす》を返してしまった。

別れの挨拶《あいさつ》すら、させて貰《もら》えなかった。

でも、その足取りは、今まで見た中で一番、軽いもののように思えたのであった。

こぼれ話●発見、都会の雪男！

その日の天気は、曇《くも》り時々《ときどき》雨だった。

しかしそれは、飽《あ》くまでも、東京都全体のざっくりとした天気だ。豊島区《としまく》は、当然のように雨ではなく雪が降《ふ》った。

降《ふ》ったのが長時間でなかったため、うっすらと積もる程度《ていど》で済《す》んだのは良かった。こんな状態《じょうたい》で雪が沢山《たくさん》積もったら、絶対《ぜったい》に溶《と》けないだろうから。

しかし、豊島区《としまく》では僕《ぼく》が予想していなかった事態《じたい》が発生したのであった。


『雪男の足跡《あしあと》見つけた』

「何言ってんの、葛城《かつらぎ》」

食堂《しょくどう》にて、取り分けられたおでんをハフハフしながら食べていた加賀美《かがみ》は、冷《さ》めた目でそう言った。

「いや、僕《ぼく》じゃないって！　そういう投稿《とうこう》があったんだよ！」

僕《ぼく》は携帯端末《けいたいたんまつ》の画面を、加賀美《かがみ》にぐいぐいと押《お》し付ける。

ＳＮＳ《エスエヌエス》のタイムラインに、『雪男の足跡《あしあと》見つけた』というキャプションが付いた写真が拡散《かくさん》されて来た。ご丁寧《ていねい》に位置情報《じょうほう》までついていて、どうやら、雑司《ぞうし》が谷《や》で投稿《とうこう》したものらしかった。

うっすらと積もった雪の上に、大胆《だいたん》な足跡《あしあと》が刻《きざ》まれている。スケールとして携帯端《けいたいたん》末《まつ》も添《そ》えられていた。

足跡《あしあと》は、人間の成人男性《だんせい》サイズよりもずっと大きい。しかも、恐《おそ》ろしげな爪《つめ》まで生えているようだ。

「うわ。これって、雑司ケ谷霊園《ぞうしがやれいえん》じゃん」

加賀美《かがみ》はまず、位置情報《じょうほう》を見て呻《うめ》いた。

「あ、やっぱりそうか。住所がそれっぽいとは思ったんだけど」

「雪男じゃなくて、別の何かなんじゃない？　もうちょっと、おばけよりのやつ」

「おばけで大きな足っていたっけ……」

何せ、物《もの》の怪《け》の類《たぐい》に詳《くわ》しくはない。雪の物《もの》の怪《け》と言えば雪女だが、ほっそりとした美人というイメージだ。大足説は聞いたことが無かった。

「そもそも、雪男ってどんなのだっけ。毛むくじゃらで大きいイメージはあるんだけど、よく知らないんだよね」

「降雪量《こうせつりょう》の多い場所に棲《す》む未確認《みかくにん》生命体。日本国内でも、中国地方でその類《たぐい》の生命体が生息しているという話がある」

同じテーブルで話を聞いていたマキシが、さらりと教えてくれた。

「サンキュー、マキシ。海外の雪山のイメージが強かったんだけど、日本にもいるのか……」

僕《ぼく》は、投稿《とうこう》された写真をまじまじと見つめる。

「中国地方からやって来たとか？」

加賀美《かがみ》は、熱々《あつあつ》のこんにゃくを咀嚼《そしゃく》しながら首を傾《かし》げた。

「いや、それは流石《さすが》に無いんじゃない？　豊島区《としまく》に何しに来たのさ。サンシャイン水族館で空飛ぶペンギンでも見ようって思って？」

「有り得《あ》《え》ない話じゃないって。雪男だって観光したいだろうし」

加賀美《かがみ》は唇《くちびる》を尖《とが》らせる。

「この画像《がぞう》には、疑《うたが》わしい点が見受けられる」

マキシは、僕《ぼく》の端末《たんまつ》の画面をねめつけながらそう言った。

「えっ、コラ画像《がぞう》かもしれないってこと？」

「コラージュではない。足跡《あしあと》は自然についたものではなく、作ったものと思われる」

マキシが推理《すいり》を始めるのを、僕《ぼく》と加賀美《かがみ》は箸《はし》を止めて耳を傾《かたむ》ける。

「まず、足跡《あしあと》の足の指に当たる部分から、飛び出すように爪痕《つめあと》があるのは不自然だ。爪《つめ》は、指先の上部から伸《の》びている。仮《かり》に爪痕《つめあと》が足跡《あしあと》とともに残るとしても、指先の跡《あと》と隙間《すきま》が空《あ》くはずだ」

確《たし》かに、画像《がぞう》の爪痕《つめあと》は、いかにも足の先から生えてますよと言わんばかりに伸《の》びている。

「うーん。確《たし》かに不自然かも」

「また、投稿者《とうこうしゃ》には協力者がいる。この画像《がぞう》は、携帯端末《けいたいたんまつ》で撮影《さつえい》しているものと思われる。だが、画像《がぞう》にも携帯端末《けいたいたんまつ》が写り込《こ》んでいる。ごく一般的《いっぱんてき》な人間であれば、端末《たんまつ》を二台持っている可能性《かのうせい》は低い。このことから、協力者の端末《たんまつ》を使っているものと推《すい》測《そく》される」

マキシは他にも、足の大きさからして歩幅《ほはば》が不自然とか、足の大きさから推測《すいそく》される体重に対して、足跡《あしあと》の深さが不自然だと指摘《してき》した。

「すごい……。探偵《たんてい》みたいだ」

僕《ぼく》と加賀美《かがみ》は、思わず拍手《はくしゅ》をしていた。マキシにとって、そのくらいの推理《すいり》は朝飯前なのか、僕達《ぼくたち》の賞賛《しょうさん》を受けてキョトンとしてしまう。

「そっか、ただのデマかー。地底ではもう、何が起きても驚《おどろ》かないけれど、今回は地上だったからなぁ……」

僕《ぼく》は溜息《ためいき》を吐《つ》く。かなりときめいてしまっただけに、残念だった。

加賀美《かがみ》もまた、お茶を啜《すす》りながらぼやく。

「それにしても、そんなデマを流すなんて悪質《あくしつ》だよね。その写真、かなり拡散《かくさん》されてたじゃん？」

「うん。滅茶苦茶拡散《めちゃくちゃかくさん》されてた。信じちゃってるコメントも幾《いく》つかあったし」

「注目されたい奴《やつ》の仕業《しわざ》かな。逮捕《たいほ》されちゃえばいいのに」

「僕《ぼく》もそう思うけど、雪男では逮捕《たいほ》されないと思う。多分……」

災害時《さいがいじ》に、故意《こい》に悪質《あくしつ》なデマを流して混乱《こんらん》させた人物は、逮捕《たいほ》されたという。

しかし、今回は世間的に信憑性《しんぴょうせい》が低い未確認《みかくにん》生命体の画像《がぞう》だし、どう判断《はんだん》されるか分からない。

「『雪男の手掛《てが》かりが見つかり次第、投稿《とうこう》します』だってさ」

僕《ぼく》は、その人物の新規《しんき》の投稿《とうこう》を読み上げる。それを聞いた加賀美《かがみ》は、すっかりあきれ顔だ。

「また、何処《どこ》かに雪男の足跡《あしあと》を作るのかな。それか、今度は雪男の着ぐるみでも着るのかも」

「投稿時《とうこうじ》の豊島区《としまく》の気温は氷点下だ。特殊《とくしゅ》な装備《そうび》がない限《かぎ》り、人間が長時間、外気に触《ふ》れようと思わない気温だ。彼《かれ》らは近隣《きんりん》に住む、もしくは、近隣《きんりん》の学校や会社などに通う者の可能性《かのうせい》がある」

マキシの推理《すいり》に、僕《ぼく》と加賀美《かがみ》は顔を見合わせる。

「それって、雑司ケ谷霊園《ぞうしがやれいえん》の近辺に住んでるかもしれないってことだよな」

「今日あたり、また、何かを仕込《しこ》んでるかも」

雑司ケ谷霊園《ぞうしがやれいえん》ならば、地下鉄を使って近くの駅まで行ける。

正直言って、豊島区《としまく》に雪男が出たということにときめいた分だけ、彼《かれ》らの頬《ほお》を叩《たた》きたい。それに、信憑性《しんぴょうせい》が低い話とは言え、偽造《ぎぞう》は悪質《あくしつ》だ。デマを拡散《かくさん》させて承認欲求《しょうにんよっきゅう》を満たそうという輩《やから》は許《ゆる》せない——とまで言わないが、ちょっとムカつく。

そう思った僕《ぼく》は、夕食を食べ終わった後、めいっぱい厚着《あつぎ》をして地下鉄の駅へと向かったのであった。


再《ふた》び、東池袋《ひがしいけぶくろ》駅にやって来た。図書館とは反対側にある、霊園《れいえん》に近い方の出口から地上へと出る。

外は、相変わらず寒かった。ひんやりとした外気に晒《さら》され、僕《ぼく》は思わずマフラーの中に首を埋《うず》める。

「寒っ！　雪男のモフモフに埋《う》まりたい……！」

加賀美《かがみ》もまた、震《ふる》えていた。というか、彼《かれ》も面白《おもしろ》そうだしという理由でついて来た。

そして、マキシも一緒《いっしょ》だ。マキシは、僕《ぼく》が夜の霊園《れいえん》を歩くのが怖《こわ》いという理由で、ついて来てくれるよう頼《たの》んだわけだけど。

「これはもう、雪男だろうが雪女だろうが、出てきてもおかしくないな……」

日はとっくに沈《しず》み、灰色《はいいろ》の空は街の光にぼんやりと照らされていた。

頭上には高速道路があり、高架下《こうかした》にはお店が軒《のき》を連ねていた。ラーメン屋さんには、仕事帰りのビジネスマンと思《おぼ》しき人が吸《す》い込《こ》まれていく。

しかし、用があるのは、その賑《にぎ》やかな通りではない。

僕《ぼく》は、端末《たんまつ》でGPS《ジーピーエス》の位置情報《じょうほう》を確認《かくにん》しつつ、雑司ケ谷霊園《ぞうしがやれいえん》へと向かう。

新しい住宅《じゅうたく》と古い住宅《じゅうたく》が混在《こんざい》する地域《ちいき》で、表通りに比《くら》べれば街灯が心許《こころもと》なかった。近くには、高層《こうそう》マンションと一体化した豊島区《としまく》役所が建っていて、僕達《ぼくたち》を無言で見下ろしている。

途中《とちゅう》で、凍《こお》った路面で何度も転びそうになった。雪もまだ少しだけ残っていて、雪かきをしていない場所には、誰《だれ》かの足跡《あしあと》が幾《いく》つも重なっている。

「まあ、現場《げんば》に行ったからって、投稿者《とうこうしゃ》がいるとは限《かぎ》らないんだけど……」

「でも、雪男の足跡《あしあと》が残ってるかも。作り物だっていう証拠《しょうこ》をあの投稿《とうこう》にぶら下げちゃえばいいんじゃない？　かなり拡散《かくさん》されてるし、ちょっと面白《おもしろ》いことになるかも。そしたら、投稿《とうこう》した奴《やつ》も懲《こ》りるだろうし」

加賀美《かがみ》は、小悪魔《こあくま》の笑《え》みでそう言った。敵《てき》に回したくない相手だ。

「二体分の熱源《ねつげん》を感知した。人間と思われる生命体だ」

霊園《れいえん》に踏《ふ》み込《こ》むと、マキシは真っ先にそう言った。

夜の霊園《れいえん》は、とても静かだった。人が通れるほどに雪かきがされているものの、足《あし》跡《あと》をつけられそうな場所は残っている。そして、当たり前のように、見渡《みわた》す限《かぎ》り墓石《はかいし》だらけだった。街灯がぽつぽつとあるものの、光は随分《ずいぶん》と頼《たよ》りないもので、僕《ぼく》の目ではその相手を捉《とら》えることは出来なかった。

「熱源《ねつげん》ってことは、生きている人間だよな。おばけの類《たぐい》じゃないならいいや」

マキシの言葉に、僕《ぼく》は胸《むね》を撫《な》で下《お》ろす。

「もし、おばけの類《たぐい》が出たら教えてね。ぼく、目をつぶるから」

加賀美《かがみ》は僕《ぼく》の後ろをピッタリとついてくる。

「そう言えば、おばけが苦手だったよな。なんで来たんだよ……」

「どんな奴《やつ》らがあんな投稿《とうこう》をしてるのか、気になっちゃって……」

てへへ、と加賀美《かがみ》は愛想笑いを浮《う》かべる。

「俺《おれ》は、霊体《れいたい》を感知出来ない。霊体《れいたい》の感知はカズハに任《まか》せよう」

マキシは前を見ながらそう言った。

「いやいや。僕《ぼく》も霊感《れいかん》なんてないからね!?　途中《とちゅう》で幽霊《ゆうれい》がいても、きっと、気付かずに突《つ》っ込《こ》んじゃうからね⁉」

そんなやりとりをしつつ、僕達《ぼくたち》はマキシに誘導《ゆうどう》されながら先に進む。

しばらく行くと、街灯の下で人影《ひとかげ》が動いているのを捉《とら》えることが出来た。目を凝《こ》らすと、それは僕《ぼく》と同じくらいの年齢《ねんれい》の男子二人組だということが判明《はんめい》する。何やら、話し合っている声も聞こえた。

「昨日の写真、まだ拡散《かくさん》されてるぜ。みんな、馬鹿《ばか》だよな。あんなのを信じるなんて」

「拡散《かくさん》している人数の分だけ、説得力《せっとくりょく》が出るんじゃね？　まあ、これでレポートが書けるからいいさ。ネットの連中は真偽《しんぎ》も確認《かくにん》しないで情報《じょうほう》を拡散《かくさん》するっていう話の、裏付《うらづ》けも取れたことだし」

「あー、成程《なるほど》ね。レポートの一環《いっかん》で、敢《あ》えてあんな信憑性《しんぴょうせい》の低い投稿《とうこう》をしたわけか」

二人の男子大学生の会話に、僕《ぼく》が割《わ》り込《こ》む。二人は、ぎょっとしてこちらを振《ふ》り返った。

「な、何だよ、お前達！」

「えっ、何だろう。地元民……？」

一駅離《はな》れているけど、豊島区《としまく》という括《くく》りでは地元民だ。

男子大学生達は、髪《かみ》をそれなりにセットしてこざっぱりとしていて、合コンなんかに行っていそうな雰囲気《ふんいき》だった。女子にもそれなりにモテるのではないだろうか。手にした怪《あや》しげな段《だん》ボールと、怪《あや》しげな袋《ふくろ》さえなければ。

「ああ……。これが足跡《あしあと》の正体かぁ。もっと凝《こ》ったものだと思ったんだけど」

加賀美《かがみ》は心底ガッカリしたように言った。男子大学生が持っている段《だん》ボールは、正にあの雪男の足跡《あしあと》だったのだ。きっと、それを使って足跡《あしあと》をつけたのだろう。

「その袋《ふくろ》の中は？」

サッカーボールほどの物体が入っていると思《おぼ》しき袋《ふくろ》を指さし、僕《ぼく》は尋《たず》ねる。すると、代わりにマキシが答えた。

「樹脂《じゅし》を固めたものと推測《すいそく》される」

「樹脂《じゅし》を固めたもの？」

マキシの言葉に、大学生二人組はいよいよ顔を青ざめさせる。

「やばいぞ。外国人のエスパーが来ちまった……」

マキシの顔の造形《ぞうけい》は、確《たし》かに少し日本人離《ばな》れしている。中身を言い当てたのは、透《とう》視能力扱《しのうりょくあつか》いとなった。

「くそっ。雪男の足跡《あしあと》と一緒《いっしょ》に、これを撮《と》って投稿《とうこう》しようと思ったんだよ……」

観念した男子大学生は、袋《ふくろ》の中から何やらごそごそと取り出す。

目の前に現《あらわ》れたものに、僕《ぼく》と加賀美《かがみ》が「うっ」と呻《うめ》き声をあげた。

街灯の光に、『それ』がぼんやりと照らし出される。『それ』は紛《まぎ》れもなく、雪男の『落とし物』だった。

「なんか……すごくリアルなんだけど……」

「本当に樹脂《じゅし》……なんだよね？　臭《にお》って来る気がする……」

加賀美《かがみ》なんかは、鼻をつまんでいる。実際《じっさい》には、樹脂《じゅし》と塗料《とりょう》のにおいがほんのりとするだけだが、僕《ぼく》もそのリアルさゆえに、有機物的で排泄物《はいせつぶつ》的な臭《にお》いが漂《ただよ》ってくるように思えた。

「こういうのがあった方が生き物っぽいだろ。でも、もうネタバレしたしな。お前にやるよ」

大学生は舌打《したう》ちをすると、樹脂《じゅし》で作った落とし物を僕《ぼく》にぐいぐいと押《お》し付ける。

「い、いらないです……」

「俺《おれ》もいらないよ。作《つく》り込《こ》み過《す》ぎたんだよ……」

妙《みょう》にリアルなそれを投稿《とうこう》しただけでも、多くの人が拡散《かくさん》し、多くの人が賞賛《しょうさん》するだろう。まあ、それと同じくらい、多くの人が彼《かれ》のアカウントをブロックしたり、SNS《エスエヌエス》の運営《うんえい》会社に通報《つうほう》したりしそうだけど。

その時、眩《まばゆ》い光が僕達《ぼくたち》を包んだ。

一瞬《いっしゅん》だけ目がくらむものの、携帯端末《けいたいたんまつ》を構《かま》えているマキシの姿《すがた》をすぐに捉《とら》えることが出来た。フラッシュを焚《た》いて撮影《さつえい》をしたらしい。

「誤《あやま》った情報《じょうほう》は消すべきだ。人間の恐怖《きょうふ》と好奇心《こうきしん》を悪戯《いたずら》に煽《あお》ってはいけない。特に、不安を抱《いだ》く者がいる時には」

投稿《とうこう》を消さないと、警察《けいさつ》に写真を提出《ていしゅつ》すると言わんばかりの威圧感《いあつかん》を醸《かも》し出しながら、マキシは言った。

大学生二人組は反論《はんろん》しようとする。しかし結局は、マキシの迫力《はくりょく》に負けて、口をパクパクさせるだけで終わってしまったのであった。

大学生二人組は、ブツブツと言いながらも、その場で投稿《とうこう》を削除《さくじょ》した。

それでいい。雪男の足跡《あしあと》を見て、身を案じている人もいた。雪男ではなく、熊《くま》の類《たぐい》が山からやって来たとか、動物園から脱走《だっそう》したかもしれないと言っている人もいた。誤《あやま》った情報《じょうほう》は、人々《ひとびと》を混乱《こんらん》させ、無用な心配をさせてしまう。それこそ、人の心を弄《もてあそ》ぶ悪質《あくしつ》な行為《こうい》だ。

気温は相変わらず極寒で、空はどんよりと曇《くも》っていたけれど、僕《ぼく》は少しだけ晴れやかな気分で雑司ケ谷霊園《ぞうしがやれいえん》を後にした。

結局のところ、樹脂製《じゅしせい》の手作り排泄物《はいせつぶつ》を押《お》し付けられてしまったけれど、それを手にしていることは、今は忘《わす》れよう。

「すまなかった。だが、協力を感謝《かんしゃ》する」

マキシはそう言って、加賀美《かがみ》に携帯端末《けいたいたんまつ》を返却《へんきゃく》する。マキシには端末《たんまつ》が必要ないので所持していない。あれは、大学生達に投稿《とうこう》を消させるためのパフォーマンスだったわけだ。

「いいよ。ああいうのは、ぼくがやっても決まらないしね」と加賀美《かがみ》はマキシに微笑《ほほえ》む。

「その画像《がぞう》は削除《さくじょ》しておいた方が良い」

「あ、そうか。向こうはちゃんと投稿《とうこう》を消してくれたしね。でも、勿体無《もったいな》いなぁ。葛城《かつらぎ》もあいつらも、間抜《まぬ》けな顔をして写ってるのに」

加賀美《かがみ》はニヤニヤしながら画像《がぞう》を眺《なが》めていた。僕《ぼく》なんて、樹脂製《じゅしせい》の落とし物を押《お》し付けられている瞬間《しゅんかん》を撮《と》られてしまったので、いじめられているようにしか見えない。

「あれ？」

僕《ぼく》は違和感《いわかん》を覚えて、思わず声を上げてしまった。

「どうしたの？」

「いや、ここに人影《ひとかげ》のようなものが見える気がして……」

「貸《か》せ」

マキシが手を出すので、加賀美《かがみ》は再《ふたた》び端末《たんまつ》を貸《か》す。マキシは手早く画像《がぞう》の明度を上げ、僕達《ぼくたち》に見せてくれた。

「あの時、確《たし》かに熱源反応《ねつげんはんのう》があった。通行人だと判断《はんだん》し、注視《ちゅうし》しなかったが……」

やや歯切れが悪いマキシが見せてくれた画像《がぞう》に、僕達《ぼくたち》は絶句《ぜっく》した。

僕《ぼく》と大学生二人の背後《はいご》には、霊園《れいえん》と住宅街《じゅうたくがい》を仕切るように木々《きぎ》がある。その向こうに、人影《ひとかげ》があったのだ。

ただし、その人影《ひとかげ》は僕達《ぼくたち》よりも遥《はる》かに背《せ》が高い。二メートルは超《こ》えているだろう。そして何より、毛むくじゃらだった。ゴリラやオランウータンにも似《に》た姿《すがた》だが、背《せ》筋《すじ》がすっと伸《の》びて、きっちりと二足歩行をしている。

「これって、もしかして……」

「雪男……？」

一般人《いっぱんじん》には見えないその人物が目指している方向には、サンシャイン水族館がある。もしかしたら、中国地方からやって来た日本の雪男が、空飛ぶペンギンを見に来たのかもしれない。

僕達《ぼくたち》は、タワーマンションに囲《かこ》まれるサンシャイン60ビルの方を見やる。道往《みちゆ》く人は皆《みな》、寒そうに背筋《せすじ》を丸めていて、雪男らしき姿《すがた》はない。彼《かれ》が雪かきをされているところを通ったのならば、足跡《あしあと》も残らないだろう。

真相は池袋《いけぶくろ》の夜へと消えてしまった。唖然《あぜん》としている僕《ぼく》らを、所々《ところどころ》が緑で彩《いろど》られた豊島区役所《としまくやくしょ》だけが、静かに見下ろしていたのであった。

第三話　爆誕《ばくたん》！　地底アパートVSチバニアン！

豊島区《としまく》が凍結《とうけつ》してから、何日が経《た》っただろうか。

方位磁針《じしん》のN《エヌ》極は、相変わらず新宿《しんじゅく》方面を指している。

最初の頃《ころ》は休講《きゅうこう》になった大学も、今ではすっかり普通《ふつう》に講義《こうぎ》をやるようになっていた。逆《ぎゃく》に、ゲーセンは休業日が増《ふ》えていた。これは、神様が「勉強しろよ」と言っているのだろうか。

でも、普段《ふだん》何をしているのかもよく分からない神様とやらに、そんなことを言われても説得力《せっとくりょく》がない。凍《こお》り付いた世界《豊島区》で律儀《りちぎ》にレポートをやろうとしていた御城《みじょう》の方が、よっぽど偉《えら》いし説得力《せっとくりょく》がある。御城《みじょう》に勉強しろと言われたら、「はい」としか言えない。

神様は世界を作る時に週休一日で頑張《がんば》ったらしいけれど、後は一体何をやっているんだ。ファウストさんのように、好奇心《こうきしん》の暴力《ぼうりょく》みたいな人を野放しにするなんて。

「カズハ君！」

ああ、ファウストさんの声がする。

眠《ねむ》っている僕《ぼく》は、夢《ゆめ》うつつでファウストさんの声を認識《にんしき》した。

僕《ぼく》のイメージするアルケミストとは程遠《ほどとお》い、逞《たくま》しい喉《のど》から発せられる声は、実によく通っていた。

「カズハ君、起きたまえ！　吉報《きっぽう》だ！」

吉報《きっぽう》？　どうせまた、碌《ろく》でもないことなんでしょう？

メフィストさんのような塩対応《しおたいおう》が、すっかり板についてしまった。

ファウストさんがやることの大半は、碌《ろく》でもないからだ。それに加えて、目を剝《む》くほど図太い神経《しんけい》の持ち主で、空気を全く読んでくれない。

「ふむ、なかなか起きないな。死んでいるのかもしれない」

さらりと恐《おそ》ろしいことを言いつつ、ファウストさんはまどろむ僕《ぼく》の腕《うで》を取る。脈《みゃく》を取っているのだろう。いっそのこと、死んだと思って放っておいて欲《ほ》しい。

「残念だ。今回の発明は、ゲーム性《せい》があるんだが」

「おはようございます」

僕《ぼく》は脊髄反射《せきずいはんしゃ》で目を開ける。

お世辞にも柔《やわ》らかいとは言えない布団《ふとん》で眠《ねむ》っていた僕《ぼく》を覗《のぞ》き込《こ》んでいたファウストさんは、片手《かたて》に妙《みょう》な機械を持っていた。

「おはよう、カズハ君！　今日も寒い朝だ！」

「ここのところ毎朝、豊島区《としまく》が凍結《とうけつ》したのは夢《ゆめ》の世界の出来事かもしれないって思っているのに、真っ先に現実《げんじつ》に戻《もど》さないで下さいよ……」

「現実《げんじつ》と向き合い、己《おのれ》の問題を解決《かいけつ》してこそ真理に近づくのだぞ」

「僕《ぼく》は真理よりも単位が欲《ほ》しいです」

「ならば、大学の講義《こうぎ》に出なくてはな」

ファウストさんはそう言って笑った。正に真理だった。

「くっ！　碌《ろく》でもなくても、流石《さすが》は悪魔《あくま》に見初《みそ》められた錬金術師《れんきんじゅつし》……。真理を心得《こころえ》ている……！」

「いいや。一度は天の国に行ったとは言え、俺《おれ》はまだ真理に到達《とうたつ》していないんじゃないかと思う時があるんだ。真理とは、近づくにつれて遠ざかるものなのかもしれないと、最近はよく思う」

ファウストさんは、神妙《しんみょう》な顔つきでそう言った。忍者《にんじゃ》の格好《かっこう》をしている時もそんな真面目《まじめ》なことを考えていたとしたら、或《あ》る意味すごいと思う。

それはともかく、僕《ぼく》はファウストさんが手にしている謎《なぞ》の機械が気になって仕方がなかった。

「その、L《エル》字形の機械は……？」

「ああ、ダウジングロッドだ」

「ダウジング……？」

ダウジングというのは、ロッドやペンデュラムを用いて、地下水や貴金属《ききんぞく》の鉱脈《こうみゃく》を探《さが》すことだった気がする。ペンデュラムは、おまじない好きの人が現代《げんだい》でも使っているので、見たことがあるのだが……。

ファウストさんのL《エル》字形の機械は、ボタンやらコードやらが飛び出していて、あまりまじないものには見えなかった。しかも、ご丁寧《ていねい》に手で持つところには、グリップがついていて、握《にぎ》り易《やす》くなっている。

「ダウジングの道具って、そういうものでしたっけ。いや、L《エル》字っていう形は合ってるんですけど、機械じゃなかった気が……」

「誰《だれ》でも使い易《やす》いように、機械化したんだ」

成程《なるほど》。昔はどれも手作業でしていたが、機械化することにより、簡単《かんたん》な操作《そうさ》一つで物事を行うことが出来るようになった。

火を使った調理をするために、火打石《ひうちいし》を打ったり、木の棒《ぼう》を必死に回したりして火を起こしていたのも、今やつまみを一つ捻《ひね》るだけで点火が出来るようになっている。

ならば、人間の未知なる能力《のうりょく》もまた、ボタン一つで発揮《はっき》出来るようになるのではないだろうか。進化したカメラで念写をしたり、進化した眼鏡《めがね》で透視《とうし》をしたりするのもありかもしれない。

「いや、あり……かな？」

首を傾《かし》げつつ、セルフツッコミをする。

「まあ、深いことを考えていたらキリがないか……。とにかく、そのダウジングロッドで何が出来るんですか？」

この期《ご》に及《およ》んで、空気を読まずに地下水脈《すいみゃく》や金鉱脈《きんこうみゃく》を探《さが》すために作っていたのだとしたら、メフィストさんに告《つ》げ口《ぐち》をしてしまおう。

「チバニアンを探《さが》せる」

「えっ、すごいじゃないですか！」

「ただし、地磁気逆転《ちじきぎゃくてん》の概念《がいねん》を持つものに反応《はんのう》する設定《せってい》だから、他の同条件《どうじょうけん》の地質年《ちしつ》代でも反応《はんのう》を示《しめ》すかもしれない。地磁気逆転《ちじきぎゃくてん》が発生したのは、チバニアンの時代だけではないからな」

「いやいや。それで充分《じゅうぶん》ですよ！　千葉的なものっていう曖昧《あいまい》なところから、かなり具体的かつ核心的《かくしんてき》になってるし！」

そもそもメフィストさんの、チバニアンだから千葉的なものとは、安直過《あんちょくす》ぎる。こは、珍《めずら》しくファウストさんに軍配が上がった。

「それじゃあ、探《さが》しに行きましょうよ。僕《ぼく》は、今日の講義《こうぎ》が終わったら、参加出来ますけど」

「いいや、今から行こう」

ファウストさんはさらりと言った。

「いや……。今からって、僕《ぼく》は大学があるんで……」

それに、単位を欲《ほっ》するなら講義《こうぎ》を受けよと、ファウストさん自身が言ったばかりだ。

しかし、ファウストさんは僕《ぼく》の部屋にある百円ショップの時計を指さす。

「朝四時……」

朝早いパン屋さんや新聞屋さんが起きる時間だろうか。漁師《りょうし》さんはとうに起きて、沖に向かっているだろうか。

いずれにせよ、ごく一般的《いっぱんてき》な人が起きる時間ではない。

「二度寝《にどね》していいですか……」

「君が二度寝《にどね》をしている間、豊島区《としまく》で早朝から働かなくてはいけない者達は凍《こご》えるような寒さの中で働く。それで良ければ」

「良くないですよ！」

神妙《しんみょう》な面持《おもも》ちのファウストさんを前に、僕《ぼく》は布団《ふとん》をはねのけた。

「もー、行けばいいんでしょ、行けば！」

「ああ。朝の散歩に丁度いいぞ！」

ファウストさんは親指を立てる。このいい笑顔《えがお》、想いっきり頰《ほお》を叩《たた》きたい。

「そもそも、一人で行くという選択肢《せんたくし》は……」と僕《ぼく》は着替《きが》えながらぼやく。

「一人で行くのは、何だか寂《さび》しいしな」

「寂《さび》しいって、いい大人なのに……」

とてもではないが、数百年前から存在《そんざい》している人の発言とは思えない。

「あの天の国に渡《わた》る前の長旅も、ずっとメフィストと一緒《いっしょ》にいたようなものだしな」

「ああ……」

旅の途中《とちゅう》で、げっそりしてくるメフィストさんが目に浮《う》かぶ。

「それに、自分の発明を自分で試すのも、あまり面白《おもしろ》くない」

「えっ、待ってください。試運転はしましたよね？　僕《ぼく》が使った瞬間《しゅんかん》、爆発《ばくはつ》するなんていうオチは嫌《いや》ですよ」

「大丈夫《だいじょうぶ》。理論上《りろんじょう》は爆発《ばくはつ》しないことになっている」

「それ、フラグじゃないですか？」

爆発《ばくはつ》した上に、僕《ぼく》がアフロになるというくらいのオチならばいい。でも、爆発《ばくはつ》して豊島区《としまく》が吹《ふ》っ飛《と》ぶというオチになるとまずい。

「いや、一応《いちおう》、試運転はしたんだが、第三者の反応《はんのう》が見たくてな」

「あ、それは分かります。巻《ま》き込《こ》まれたくはないけど」

後半は、心の中に仕舞《しま》うはずだった言葉だ。つい、本音が飛び出してしまったが。

それにしても、一人でファウストさんに付き合うのは危険《きけん》な気がする。ダウジングロッドの安全性《あんぜんせい》もまだ気がかりだが、ツッコミが不足するのが一番辛《つら》い。

「マキシを連れて行っても良いですか」

「勿論《もちろん》！」

ファウストさんは快諾《かいだく》してくれた。

メフィストさんの顔が脳裏《のうり》を過《よ》ぎるものの、早朝からファウストさんに付き合わせるのは申《もう》し訳《わけ》なかったし、そもそも、朝食の準備《じゅんび》で忙《いそが》しいだろう。加賀美《かがみ》を叩《たた》き起こしたら、思いっきりひっぱたかれそうだ。結構毒舌《けっこうどくぜつ》なエクサは塩対応《しおたいおう》どころか、ファウストさんをスルーする可能性《かのうせい》もあった。そうなったら、僕《ぼく》が一人で受け止めるしかなくなってしまう。因《ちな》みに、タマは巻《ま》き込《こ》まれたら可哀想《かわいそう》なので論外《ろんがい》だ。

そう考えると、馬鐘荘《バベルそう》の良心にして友人のマキシは、日頃《ひごろ》からファウストさんと親睦《しんぼく》を深めているので、勝手が分かっているはずだ。

問題は、マキシも天然ボケっぽいところがあるので、それが炸裂《さくれつ》すると、圧倒的《あっとうてき》ツッコミ不足になってしまうのだが。

着替《きが》え終えた僕《ぼく》は、「行きましょうか」と布団《ふとん》をそのままにして部屋を出る。そんな僕《ぼく》に、ファウストさんは少し考えるそぶりを見せてからこう言った。

「着替《きが》えている時に思ったんだが、カズハ君はもう少し筋肉《きんにく》をつけた方がいいな。ゲーム熱心なのは悪いことではないが、身体《からだ》づくりも大事だぞ」

「なんで人の身体《からだ》を見てるんですか！　やだー！」

ファウストさんは他人の身体《からだ》なんて眼中《がんちゅう》にないと思って遠慮《えんりょ》なく着替《きが》えていたが、まさか、しっかりと見られていたとは。

「人間、いつまで生きるか分からないからな。長生きした時のために、健康的な身体《からだ》づくりをしておいた方がいい」

ファウストさんが言うと説得力《せっとくりょく》が半端《はんぱ》ないけれど、ファウストさんほど長生きするのはレア中のレアだろう。生きていると言えるか微妙《びみょう》な状態《じょうたい》だが。

僕《ぼく》は、隣《となり》の部屋の扉《とびら》を叩《たた》く。マキシの名を呼《よ》ぶと、すぐに出て来てくれた。

「どうした、カズハ。緊急事態《きんきゅうじたい》か。それとも朝の散歩か」

寝癖《ねぐせ》ひとつないイケメンが、大真面目《おおまじめ》な顔でそう言った。

「その二つを並《なら》べちゃうのもどうかと思うけど、どちらかと言うと緊急事態《きんきゅうじたい》かな。ファウストさんがチバニアンを見つける装置《そうち》を作ってくれたんだ。一緒《いっしょ》に行こう」

「了解《りょうかい》した」

マキシは一瞬《いっしゅん》だけファウストさんが手にした機械を見ると、事態《じたい》をするりと把握《はあく》したようで、あっさりと返事をしてくれた。

流石《さすが》はマキシ。話が早過《はやす》ぎる。

「よし、メンバーも揃《そろ》ったことだし、行くか！」

ファウストさんは意気揚々《いきようよう》と、僕達《ぼくたち》の先頭に立って歩き始める。話を引っかき回すファウストさんには、マキシの爪《つめ》の垢《あか》――は出ないから、接合部《せつごうぶ》にたまった埃《ほこり》とか潤滑油《じゅんかつゆ》とかをお茶に混《ま》ぜて飲んで欲《ほ》しいと心から思ったのであった。


日の出前の早朝だが、地底世界は相変わらずうすぼんやりと明るかった。光源《こうげん》が太陽でないため、時間は関係ないんだろう。

何故《なぜ》か辺りには霧《きり》が発生していて、しんと静まり返っていた。今回は足元にはぽつぽつと草が生えていて、霧《きり》の向こうには林があるだけだ。耳を澄《す》ませてみたけれど、水音はしなかった。

「静か……だな」

「動物達は眠《ねむ》っているのかもしれない。熱源《ねつげん》は幾《いく》つか感知出来る」

マキシは、霧《きり》の先をじっと見つめながら、そう言った。

「すごいな。こんな状態《じょうたい》でも分かるんだ……」

「だが、魔力的《まりょくてき》な動きは間接的《かんせつてき》にしか分からない」

エクサが言ったことを、マキシも告《つ》げる。視線《しせん》がややうつむき気味なのは、それを気にしてのことだろうか。

「大丈夫《だいじょうぶ》。そういう時こそ、ファウストさんの出番だから！」

「ああ、任《まか》せておけ！」

ファウストさんは、L《エル》字形のダウジングロッドと称《しょう》したメカを両手で構《かま》える。しかし、うんともすんとも言わなかった。

僕《ぼく》が持つような流れだったような気がするけれど、爆発《ばくはつ》オチに巻《ま》き込《こ》まれたくないので黙《だま》っておこう。

「この辺りにはいないようだな。もう少し、近づいてみないと」

「あ、そういう感じなんですね。因《ちな》みに、どれだけ近づくと反応《はんのう》するんですか？」

「五メートルくらいだな」

「かなり接近《せっきん》しないと駄目《だめ》なやつだ……！」

相手が小動物ならばいい。しかし、ナウマンゾウのように巨大《きょだい》な生物だったらどうしよう。五メートルも近づけば、向こうが本気で走った時に、あっという間に距離《きょり》が詰《つ》められてしまう。

「万が一の時は、俺《おれ》に任《まか》せろ」

マキシは右腕《みぎうで》を構《かま》える。ロケットパンチも辞さない構《かま》えだ。

「超頼《ちょうたの》もしい……」

戦闘《せんとう》要員のマキシ、感知要員のファウストさん。そして、ビックリ要員の僕《ぼく》。

まずい。ファウストさんの発明の成果にビックリするという役目を背負《せお》った僕《ぼく》は、二人が米俵《こめだわら》を背負《せお》っている傍《かたわ》らで、ふりかけ一袋《ふくろ》しか持っていないも同然だ。

二度寝《にどね》は許《ゆる》して貰《もら》えないのだろうか。むしろ、あらゆるものに負けたような気がして悲しいので、ふて寝《ね》をしたい。

そんな僕《ぼく》だけど、ふと、気になったことがあった。「そう言えば」と二人の方を見やる。

「チバニアンの化身《けしん》を見つけ出したら、どうすればいいんだろう。仕留《しと》めた方が良いのかな……」

「発見したら、メフィストがどうにかすると言っていた」とマキシが答える。

「それじゃあ、捕獲《ほかく》した方がいいのか……」

「麻酔銃《ますいじゅう》ならば、搭載《とうさい》している」

マキシは、自分の人差し指に触《ふ》れながら言った。

「えっ、そんな機能《きのう》あったっけ」

「俺《おれ》が追加したのさ！」

ファウストさんが割《わ》り込《こ》む。顎《あご》をのけぞらせ、実に得意《とくい》げな顔をしていた。

「いつの間に新機能《しんきのう》を……。でも、マキシが色々《いろいろ》なことを出来るようになったのは、頼《たの》もしいですね」

「ああ。夕飯を捕獲《ほかく》する時に丁度いい。中には、調理する直前に息の根を止めなくてはいけない生き物もいるからな」

ファウストさんは、得意《とくい》げに言った。

「地底世界のサバイバル用……」

「食堂《しょくどう》の夕飯だけでは足りない時があるんだ」

「しかも、おやつみたいなノリで!?　というか、あんなに食べているのに！」

メフィストさんは大きな釜《かま》でご飯を炊《た》く。お腹《なか》を空《す》かせて帰って来るアパートの住民に、充分《じゅうぶん》な食事を提供《ていきょう》するためだ。

ファウストさんが来るまでは、余分《よぶん》に炊《た》いて希望者におかわりをあげるという方式だったのだが、ファウストさんが来てからというもの、僕達《ぼくたち》のおかわりはその生きてるんだか死んでるんだかよく分からないファウストさんのお腹《なか》の中に消えて行った。

「何人分かも分からないほどガツガツ食べておいて、その上、地底世界の生き物まで食べるなんて……」

「カズハ君にも、今度ご馳走《ちそう》しようじゃないか！」

「そ、それは魅力的《みりょくてき》なお誘《さそ》いだけど……」

ちらりと、マキシの方を見やる。マキシは特に何かを気にした様子もなく、霧《きり》の向こうを警戒《けいかい》していた。

「マキシは良いの……？　そりゃあ、改造《かいぞう》されて強くなるのは助かるけど、ファウストさんの好奇心《こうきしん》と願望にまみれた改造《かいぞう》を施《ほどこ》されちゃって……」

「構《かま》わない」

マキシはさらりと言った。

「ファウストは、こちらが承諾《しょうだく》したこと以外は行わない。こちらの権利《けんり》を尊重《そんちょう》している。我々《われわれ》は、利害が一致《いっち》している」

「マキシも、メリットがあると思って……？」

「そうだ。機能《きのう》が増《ふ》えれば出来ることが増《ふ》える。後は、カズハ達が上手《うま》く使ってくれる」

使ってくれる、という物言いには反論《はんろん》したかったけれど、マキシの言葉には続きがあった。

「それに、俺《おれ》自身、何処《どこ》まで行けるか興味《きょうみ》がある」

「興味《きょうみ》……？」

マキシのガラスのような瞳《ひとみ》に、力強い光が灯《とも》ったように思えた。

「カズハは、無いのか？　自分が何処《どこ》まで行けるのか。まだ見ぬ世界を、見たいとは思わないのか？」

「な、な、無いわけじゃないけど……！」

「あるのならば、それと同じだ。恐《おそ》らく」

恐《おそ》らくという曖昧《あいまい》な言葉を使いつつ、マキシは静かにそう言った。

「そう。マキシマム君には好奇心《こうきしん》があるようだ」

ダウジングロッドで辺りを探《さぐ》りつつ、ファウストさんは言った。

「好奇心《こうきしん》とは複雑《ふくざつ》な感情《かんじょう》だから、人造物《じんぞうぶつ》が持つのは難《むずか》しいと思っていた。マキシマム君も、元々《もともと》、好奇心《こうきしん》が設定《せってい》されていたわけではないのだろう」

「それじゃあ、どうして……？」

ファウストさんと、マキシを交互《こうご》に見やる。

「君達と出会ったからじゃないか？」

歩き出しながら、ファウストさんは言った。

「僕達《ぼくたち》と、出会ったから……？」

「そう。君達と関わり、あらゆることを学習し、それを複雑《ふくざつ》に組み上げた結果、好奇《こうき》心《しん》に似《に》た、好奇心《こうきしん》そのものと言える感情《かんじょう》が生じたのだと俺《おれ》は思っている。マキシマム君の学習機能《きのう》は見上げたものだしな。蓄積《ちくせき》によって成長することも、不思議ではない」

「蓄積《ちくせき》によって、成長する……」

僕《ぼく》は、一緒《いっしょ》に歩き出したマキシをじっと見つめる。

確《たし》かに、初めて会った時より、表情《ひょうじょう》が柔《やわ》らかくなった気がする。それは、僕《ぼく》がマキシのことを理解《りかい》したから、そう見えるようになったというわけではなかったのか。

「カズハは、親のようなものだ」

マキシは唐突《とうとつ》に言った。

「親!?」

「自分を育ててくれた相手のことを、そう呼《よ》ぶのではなかったか?」

生みの親でなくても、育ての親というのもある筈《はず》だと、マキシは大真面目《おおまじめ》な顔で言った。

「親は流石《さすが》に、存在《そんざい》が大き過《す》ぎるよ。ど、どちらかと言うと、先生かな……。いや、それも充分《じゅうぶん》、僕《ぼく》には過《す》ぎたものなんだけど」

それに、僕《ぼく》だけの力ではないはずだ。ここにいない加賀美《かがみ》だってメフィストさんだって、タマやエクサだってマキシの成長に一役買っているに違《ちが》いない。

「マキシが日々《ひび》成長するっていうのなら、僕《ぼく》も負けてられないな……」

「おっ、カズハ君。ライバル宣言《せんげん》か?」

ファウストさんは目を輝《かがや》かせる。僕《ぼく》は反射的《はんしゃてき》に首を横に振《ふ》った。

「いやいやいや！　そういうんじゃなくて、一緒《いっしょ》に成長したいっていうか……」

「人生とは、常《つね》に勉強だ。そういう意味では、この世界は大きな学校なのだろう。カズハ君もマキシマム君も、その生徒というわけだ」

ファウストさんは、僕《ぼく》とマキシの方をぽんぽんと叩《たた》く。その手のひらは大きくて、『先生』の手だった。

「その言い方だと、ファウストは世界を卒業したということか」

肩《かた》を叩《たた》かれつつ、マキシはファウストさんのことを見つめる。

「まあ、OB《オービー》ってところだな。たまに後輩《こうはい》のところに酒を飲みに来る類《たぐい》の」

「OB《オービー》だったら、後輩《こうはい》にお酒を奢《おご》りましょうよ……」

さらりと後輩《こうはい》に奢《おご》って貰《もら》う宣言《せんげん》しているのが恐《おそ》ろしい。でも、おかわりのご飯を奪《うば》われているので、あながち、間違《まちが》いではないかもしれない。

その時だった。

「待て」

マキシが僕達《ぼくたち》を制止《せいし》する。和気藹々《わきあいあい》としたムードが失《う》せ、緊張感《きんちょうかん》が漂《ただよ》った。

「これを」

「足跡《あしあと》じゃないか……」

マキシが指《さ》し示《しめ》したのは、地面にくっきりとついた足跡《あしあと》だった。その足跡《あしあと》には、非《ひ》常《じょう》に見覚えがある。

「人間……か？」

ファウストさんは、足跡《あしあと》のすぐ近くでしゃがみ込《こ》む。そう、人間の裸足《はだし》の足跡《あしあと》に近かった。

「原始人ですかね？」

「住居《じゅうきょ》が近いのかもしれない」

ファウストさんは、僕《ぼく》の質問《しつもん》に答えた。

「もし、人間がチバニアンの化身《けしん》だとしたら、どんな顔をして連れて帰ったらいいんだろう……」

やはり、動物を連れて帰るのとはわけが違《ちが》う。今の人間に近ければ近いほど、気まずい気持ちで連れて帰らなくてはならなそうだ。

「近くには、いないようだ」

マキシは、霧《きり》で囲《かこ》まれた世界を見回しながら、そう断言《だんげん》した。

「熱源《ねつげん》がないってこと？」

「ああ。狩《か》りに行ったのかもしれない」

足跡《あしあと》は、くっきりとしているものの、乾燥《かんそう》していた。きっと、雨か何かが降《ふ》った後でぬかるんだ大地に足跡《あしあと》がつき、その水分が蒸発《じょうはつ》してしまったのだろう。

「そっか……。良かったような、残念なような」

近くにいないと悟《さと》ると、逆《ぎゃく》に会ってみたかったという気持ちも募《つの》ってしまう。そんな中、ファウストさんが「おおっ」と素《す》っ頓狂《とんきょう》な声をあげた。

「どうしました!?」

「近いぞ！　見たまえ！」

ファウストさんが手にしたL《エル》字形のロッドは、ぷるぷると小刻《こきざ》みに振動《しんどう》している。そのまま爆発《ばくはつ》してしまわないかと心配になりながらも、ロッドが指《さ》し示《しめ》した方向を見やる。

「あっちか……」

霧《きり》のせいで、その先に何があるか分からない。しかし、人間と思《おぼ》しき足跡《あしあと》がやって来た方角でもあった。

「この先に住居《じゅうきょ》があるかもしれないな。人間がまだいるかもしれないし、家畜《かちく》がいるかもしれない」

「家畜《かちく》？」

この頃《ごろ》にはもう、畜産《ちくさん》を行っていたのだろうか。そう思う僕《ぼく》に、ファウストさんはにやりと笑った。

「人類には古き友人がいるじゃないか。今も尚《なお》、人間の住まいを守っている動物が」

「犬か」

マキシが先に答えた。

「なるほど……！」

そう言えば、原始人を模《も》したフィギュアが、凜々《りり》しいワンちゃんと一緒《いっしょ》に飾《かざ》られているのを見たことがあった気がする。

「犬が家畜化《かちくか》したのは、中期更新世《こうしんせい》の後の時代だがな。しかし、不安定な状態《じょうたい》だし、十万年単位の誤差《ごさ》は仕方がない」

何に対する仕方なさなのかは知らないけれど、ファウストさんはひとり納得《なっとく》したように頷《うなず》いた。

「そう言えば、印旛郡《いんばぐん》でも住居跡《じゅうきょあと》が見つかったんだっけ。貝塚《かいづか》もあったし、そこに住《じゅう》居《きょ》を構《かま》えつつ、ナウマンゾウでも狩《か》ってたのかな」

ニホンジカやらナウマンゾウやら、時として、カメも食べていたかもしれない。地《ち》磁気《じき》が逆転《ぎゃくてん》しているのならばその影響《えいきょう》で氷河期《ひょうがき》になっているはずだけど、大地が雪で覆《おお》われていたのだろうか。

原始時代に思いを馳《は》せつつ、僕達《ぼくたち》は足跡《あしあと》をたどりながら獣道《けものみち》を歩く。そうやって歩いた先に、洞穴《ほらあな》が見えた。

「まさか、この中に……」

「ああ。我々《われわれ》の祖先《そせん》がいてもおかしくない」

ファウストさんは、洞穴《ほらあな》付近を食い入るように見つめる。

僕《ぼく》は慌《あわ》てて、背筋《せすじ》を伸《の》ばした。幾《いく》ら概念《がいねん》が作り出した者とは言え、ご先祖様《せんぞさま》に会うのは緊張《きんちょう》する。

コミュニケーションは何処《どこ》まで通じるのか。失礼が無いようにするにはどうすればいいか。

そんなことを考える僕《ぼく》の傍《かたわ》らで、マキシは怪訝《けげん》そうな声色《こわいろ》でこう言った。

「奇妙《きみょう》な熱源《ねつげん》が、一つだけある」

「えっ?」

薄《う》っすらとした霧《きり》の中、動くものは見えない。洞穴《ほらあな》の中からは、物音すらしなかった。

僕達《ぼくたち》が辿《たど》って来た足跡《あしあと》を見やるが、それは、いつの間にか掻《か》き消えていた。まるで幻《まぼろし》であったかのように、影《かげ》も形も無くなっている。

「あ、あれ?」

「まあ、ここは物質《ぶっしつ》世界とはまた違《ちが》った法則《ほうそく》で成り立っているからな。こういうこともあるさ」

ファウストさんだけは、マイペースに何度も頷《うなず》いた。

「そんなことよりも、熱源《ねつげん》が一つということは、生き物が一体いるということだな?」

目を輝《かがや》かせるファウストさんを見て、僕《ぼく》はハッとする。

チバニアンの気配を察してやって来た先で、生物らしき反応《はんのう》を見つける。これはもう、その生き物がチバニアンの化身《けしん》で間違《まちが》いないのではないだろうか。

「これより、接触《せっしょく》を開始する。状況《じょうきょう》に応《おう》じて捕獲《ほかく》作戦に移行《いこう》するが、より適切《てきせつ》な行動があれば、指示《しじ》をしてくれ」

マキシはそう言って、足音を忍《しの》ばせる。

「よしよし。遂《つい》にチバニアンとご対面とは。一体、どんな姿《すがた》をしているんだろうな」

ファウストさんはロッドを構《かま》えつつ、子供《こども》のような好奇心《こうきしん》に満ちた顔でその横に並《なら》ぶ。

僕《ぼく》も後をつけるが、空気はすっかり冷えていた。霧《きり》の中を歩いて来たせいで身体《からだ》についた湿気《しっけ》が、そのまま凍《こお》ってしまいそうだ。

霧《きり》は一層《いっそう》、深くなっていた。

先ほどまでは洞穴《ほらあな》が見える程度《ていど》だったが、今は、数メートル先を確認《かくにん》するのも困難《こんなん》だ。

もしかしたら、足跡《あしあと》のように洞穴《ほらあな》も消《き》え失《う》せてしまっているのではないだろうか。

怪物《かいぶつ》のような――それこそ、千葉で発見された生き物を混《ま》ぜたような化《ば》け物《もの》でも待ち構《かま》えていたらどうしよう。

額《ひたい》に張《は》り付《つ》いているのが、冷えた水分なのか、冷や汗《あせ》なのかが分からない。視界《しかい》はもう真っ白で、直進しているのかどうかすら分からない。

しかし、こちらにはマキシもいるし、ファウストさんのダウジングロッドもある。少なくとも、道に迷《まよ》うことは無い。チバニアンの化身《けしん》に対する心構《こころがま》えさえ、しっかりしていればいい。

「いた」

マキシが立ち止まり、僕達《ぼくたち》を制止《せいし》する。ファウストさんは前のめりになりつつも、足だけは理性的《りせいてき》に止まった。

「あれは……何だろう」

僕《ぼく》は息を呑《の》む。

霧《きり》の向こうで、蠢《うごめ》く影《かげ》があった。僕《ぼく》の背丈《せたけ》くらいだろうか。動きも人のように見えた。

「もしかして、ご先祖様《せんぞさま》……？」

僕《ぼく》は慌《あわ》てて髪《かみ》を整える。一先《ひとま》ず、こちらに敵意《てきい》が無いことを示《しめ》し、友好的に連れ出せるようアプローチをしてみよう。

知性《ちせい》があるのなら、思わぬ反撃《はんげき》をされるかもしれない。しかし、ご先祖様《せんぞさま》に手荒《てあら》な真似《まね》はしたくなかった。

だが、違和感《いわかん》がある。あれは本当に、ヒトだろうか。

「いや、あれは……」

マキシも目を凝《こ》らして否定《ひてい》した。

人間にしては、頭が異様《いよう》なほど大きい。頭を含《ふく》めた体全体が逆三角形《ぎゃくさんかくけい》のようになっていた。

僕《ぼく》は、そんなシルエットの生き物を知らない。ファウストさんも首を傾《かし》げているので、知らないのだろう。そんな生き物が、存在《そんざい》しているのだろうか。

チバニアンの概念《がいねん》が暴走《ぼうそう》して豊島区《としまく》に影響《えいきょう》を及《およ》ぼし、しかもそのチバニアンの概念《がいねん》が具現化《ぐげんか》するという時点で、馬鐘荘《バベルそう》が関わるものに何があってもおかしくはない。

これはもう、僕達《ぼくたち》が知らない恐《おそ》ろしい怪物《かいぶつ》が待っているという最悪のパターンではないだろうか。

僕《ぼく》が覚悟《かくご》を決めようとする中、マキシがこう言った。

「照合が完了《かんりょう》した」

「えっ！　何の生き物か分かったのか!?」

「あの形は、千葉県だ」

マキシは、大真面目《おおまじめ》な顔でそう言った。

「千葉県……？」

僕《ぼく》とファウストさんの声が重なる。

確《たし》かに、千葉県は逆三角形《ぎゃくさんかくけい》を引《ひ》き延《の》ばしたような形をしている。上が下総《しもうさ》、真ん中が上総《かずさ》、下が安房《あわ》というらしい。潮《しお》の関係で気候が異《こと》なり、昔は個々《ここ》が別の国だったため、文化も異《こと》なるらしい。

その千葉県が、蠢《うごめ》いているとはどういうことだろうか。しかも、生物の反応《はんのう》があるなんて。

その時、問題の千葉県的なシルエットは、ぴたりと動きを止めた。こちらに気付いたのだろうか。

「も、もう何が来ても驚《おどろ》かないぞ……」

僕《ぼく》は構《かま》える。丸腰《まるごし》だし戦闘力《せんとうりょく》が無いので、心構《こころがま》えをしっかりする。相手に知性《ちせい》があるのならば、平和的な交渉《こうしょう》をしたいと思っていた。しかし、相手が何だかよく分からないのであれば、自分の身を守らなくてはいけない。

千葉県的なシルエットは、じりじりと大きくなる。こちらに向かって来ているのだ。マキシは僕《ぼく》を庇《かば》うように前に出て、ファウストさんはついに理性《りせい》が負けたらしく、少しずつ近づいて行った。

霧《きり》の向こうから、千葉県がやって来る。真実を白く覆《おお》う霧《きり》から、その生き物が姿《すがた》を現《あらわ》した瞬間《しゅんかん》、僕《ぼく》は衝撃《しょうげき》のあまり卒倒《そっとう》しそうになった。

「千葉県的な……犬？」

その姿《すがた》に、見覚えがあった。

千葉県の形を模《も》した、真っ赤で二足歩行の、犬のような生き物。それこそ正に、御《み》城《じょう》がくれたアクリルキーホルダーのキャラクターではないか。

「千葉県のマスコットキャラクターだ‼」

実を言うと、豊島区在住《としまくざいじゅう》の埼玉県民の僕《ぼく》ですら、御城《みじょう》から教えて貰《もら》う前から知っていた。テレビに出演《しゅつえん》しているのを見たこともあるし、物産展《ぶっさんてん》で見たこともある。全身真っ赤のキャラクターは、忘《わす》れようと思ってもなかなか忘《わす》れられない。そんなインパクトがある姿《すがた》が、PR《ピーアール》したい自県の形だというのは、なかなか上手《うま》い戦略《せんりゃく》だと思う。

それは別にいい。

何故彼《なぜかれ》がこんなところにいるのか。

「いや、確《たし》かに千葉県的な生き物だけど！」

ゆるキャラを生き物としてカウントすべきなのだろうか。

とにかく、インパクトのある赤い犬のような生き物が、今まさに、僕達《ぼくたち》の目の前にいた。

ゆるキャラを知らなかったファウストさんは、僕《ぼく》から彼《かれ》が何者であるかを聞いて、妙《みょう》に納得《なっとく》したような顔をしていた。

「成程《なるほど》。チバニアンを通じて町おこしをしたいという千葉県民の願いが、ここに集結したのかもしれないな」

「何となく筋《すじ》が通ってる⁉」

目を剝《む》く僕《ぼく》のそばで、マキシが真面目《まじめ》な顔でこう言う。

「では、この立場が千葉ではなく豊島《としまく》区ならば、梟《ふくろう》の姿《すがた》をしていたということか」

「豊島区《としまく》はもう飽和状態《ほうわじょうたい》だから！　これ以上人が来たら、池袋《いけぶくろ》駅がパンクするから！」

今ですら、人の波に乗らなくては歩くのが困難《こんなん》なほどだ。西側に住んでいる僕《ぼく》は、正直言って、東側に行くのがしんどいくらいだ。

「まあ、そんなことはどうでもいいんだ。それよりも……」

赤い犬のような生き物は、じっとこちらを見つめている。舌《した》をぺろりと出した愛嬌《あいきょう》のある顔のまま、瞬《まばた》きすらしなかった。

というか、彼《かれ》は正面を向いていた。横から見た姿《すがた》が千葉県と同じシルエットなので、正面を向かれるとただ自己主張《じこしゅちょう》の強い色の犬のような生き物になってしまう。

「あ、あの、チバニアンさんですか……？」

思わず低姿勢《ていしせい》で質問《しつもん》する。しかし、赤い犬のような生き物は動かない。

「ロッドは反応《はんのう》しているな」とファウストさんは言った。手にしたロッドは、ぐるぐると回転して過剰反応《かじょうはんのう》をしていた。その動き、ダウジングロッドと違《ちが》いませんかと思うものの、ツッコミをしていたらキリがない。

「俺《おれ》のレーダーでも、チバニアンだと判断《はんだん》した」

マキシは、瞬《まばた》きをしない赤い犬のような生き物を、瞬《まばた》きをせずに見つめている。

「こ、これ……生き物なのか？　中の人がいるってこと……？」

僕《ぼく》はマキシに耳打ちをする。だが、マキシはこう答えた。

「内蔵《ないぞう》された人間はいない。この存在《そんざい》は、自立している」

「自立式ゆるキャラ……」

最早《もはや》、何処《どこ》からツッコミをすればいいのかが分からない。それにしても、中の人がいるのならば話が早かったのだが。

「このような存在《そんざい》は稀有《けう》だな。サンプルとして、一部を貰《もら》えないだろうか」

ファウストさんは、いそいそと鞄《かばん》の中からシャーレを取り出す。

「いやいや。先《ま》ずは、メフィストさんのところに連れて行きましょうよ。今のところはこちらに害意もなさそうだし、ここは穏便《おんびん》に……」

穏便《おんびん》に済《す》ませましょう。

そう言おうとした時、ゆるキャラの視線《しせん》が動いた気がした。嫌《いや》な予感がした僕《ぼく》は、「すいません！」とファウストさんに体当たりする。

「おお⁉」

いくら体格《たいかく》がいいとは言え、不意打ちには耐《た》えられず、ファウストさんがよろめく。手からこぼれたシャーレが宙《ちゅう》を舞《ま》うのと、ゆるキャラの目から怪光線《かいこうせん》が発射《はっしゃ》されたのは、ほぼ同時だった。

「えぇー!?」

ビビビビとベタな効果音《こうかおん》が付きそうな音とともに、シャーレが光線に包まれる。眩《まばゆ》い光が治まった時、そこにあったのはシャーレではなかった。

「ピーナッツだ！」

そう。シャーレと同じくらいの体積の、ピーナッツの山が出来ていた。殻《から》に包まれているので、正確《せいかく》には落花生だが。

「シャーレがピーナッツに……。そうか。今のはピーナッツ光線か！」

ファウストさんはピーナッツを拾いながら、見たことのない電車を目にした子供《こども》のように興奮《こうふん》していた。

ゆるキャラは、じっとこちらを見つめている。次は、お前がピーナッツになる番だと言わんばかりに。

「危険《きけん》を感知。防衛《ぼうえい》行動に移行《いこう》する」

マキシは右手を構《かま》える。だが、腕《うで》から出て来たのはロケットパンチではなく、小型《こがた》の銃《じゅう》だった。

それが、ファウストさんに搭載《とうさい》して貰《もら》った追加機能《きのう》か。

ゆるキャラが動く前に、マキシが麻酔銃《ますいじゅう》を発射《はっしゃ》する。見事にゆるキャラのくびれがあまりない首に命中するものの、それだけだった。

「効果《こうか》なし。撤退《てったい》を推奨《すいしょう》する」

ゆるキャラは倒《たお》れることなく、じりじりと近づいて来る。「くっ、ナウマンゾウも一瞬《いっしゅん》で倒《たお》れるように調合したのに！」とここで初めて、ファウストさんが悔《くや》しがった。

「悔《くや》しがったり反省したりするのは後です！　早く逃《に》げましょう！」

僕《ぼく》はファウストさんの腕《うで》を掴《つか》む。マキシは、そんな僕《ぼく》とファウストさんの身体《からだ》をひょいと脇《わき》に抱《かか》え込《こ》んだかと思うと、一気に走り出した。

「光線の発射《はっしゃ》速度と射程距離《しゃていきょり》を分析《ぶんせき》した。届《とど》くか届《とど》かないかという速度で出口まで移《い》動《どう》し、チバニアンを引き付けることを提案《ていあん》する」

「了解《りょうかい》！　それじゃあ、僕《ぼく》はメフィストさんに報《しら》せる！」

携帯端末《けいたいたんまつ》の電波が奇跡《きせき》的に立っていることを確認《かくにん》し、僕《ぼく》はメフィストさんと連絡《れんらく》を取る。電話越《ご》しのメフィストさんは、朝早いためか不機嫌《ふきげん》そうだった。

『もしもし。これから朝食の仕込《しこ》みがあるので、くだらないことでしたらあなたをハエに変えますよ』

「怖《こわ》っ！　って、くだらなくないです！　チバニアンの化身《けしん》を発見して、ピーナッツに変えられそうになってるんですよ！」

『怖《こわ》い夢《ゆめ》を見たんですね。よしよし、いい子ですから、あと三十分くらい寝《ね》てましょうね』

「あやさないで下さい！　とにかく、チバニアンを連れて行きますからね！」

僕《ぼく》は電話越《ご》しにそう叫《さけ》ぶと、通話を切った。

出口まで、あと少しだ。チバニアンは、相変わらず愛嬌《あいきょう》のある顔のまま、物凄《ものすご》い勢《いきお》いで追って来る。

その時だった。携帯端末《けいたいたんまつ》をしまおうとした瞬間《しゅんかん》、ポケットの中から御城《みじょう》から貰《もら》ったアクリルキーホルダーがこぼれてしまったのは。

「あっ」

「カズハ！」

僕《ぼく》は思わず身を乗り出す。マキシが止まろうとした瞬間《しゅんかん》、その足元にピーナッツ光線が直撃《ちょくげき》した。

「くっ！」

衝撃《しょうげき》でマキシがよろけ、必然的に、僕《ぼく》がバランスを崩《くず》す。光線を浴びた大地は裂《さ》け、中から土砂《どしゃ》――ではなく、ピーナッツが溢《あふ》れ出した。

「えええええっ」

ピーナッツがマグマのごとく噴《ふ》き出す。僕《ぼく》もマキシも、ファウストさんも、大量のピーナッツに呑《の》み込《こ》まれた。

「やばい……。ピーナッツに埋《う》もれる……」

「カズハー！」

「カズハ君！」

マキシとファウストさんが、僕《ぼく》に向かって手を伸《の》ばす。僕《ぼく》も手を伸《の》ばすものの、距離《きょり》がどんどん離《はな》れていく。

どういうわけか、マキシとファウストさんが出口の方へと押《お》し流されるのに対して、僕《ぼく》はチバニアンの方へと引《ひ》き寄《よ》せられていた。

「まずい、このままだと……」

ついに、マキシ達の姿《すがた》はピーナッツの山の向こうに消えてしまった。扉《とびら》が開く音と、メフィストさんが「何ですか、これは！」と叫《さけ》ぶ声が聞こえたのを最後に、僕《ぼく》の世界はピーナッツの中に没《ぼっ》した。

このまま、ピーナッツの中で窒息死《ちっそくし》するのだろうか。それとも、ピーナッツの中で溺《おぼ》れたので、死因《しいん》は溺死《できし》になるのだろうか。寧《むし》ろ、僕《ぼく》もピーナッツになってしまうのだろうか。

ほんのりと甘《あま》く優《やさ》しく、何処《どこ》か芳《こう》ばしい香りに包まれている。間違《まちが》いない。これはピーナッツの香《かお》りだ。

ピーナッツの中に埋《う》もれているはずの僕《ぼく》だけど、何故《なぜ》か、外の様子が分かった。

地底世界に繋《つな》がる扉《とびら》から大量のピーナッツが溢《あふ》れ、馬鐘荘《バベルそう》の廊下《ろうか》を覆《おお》い尽《つ》くそうとしている。メフィストさんが青ざめる中、マキシが僕《ぼく》を捜《さが》そうとピーナッツを掻《か》き分けていた。

手を伸《の》ばさなくてはと思うものの、身体《からだ》が動かない。最早《もはや》、何処《どこ》から何処《どこ》までが自分の身体《からだ》なのかが分からなかった。

外の風景も、夢《ゆめ》でも見ているかのように、摑《つか》み処《どころ》がないものだった。

もしかして、と嫌《いや》な予感だけが鮮明《せんめい》に過《す》ぎる。

僕《ぼく》は今、チバニアンと一つになっているのではないだろうか。

その証拠《しょうこ》に、自分のものではない感情《かんじょう》が流れて来る。優《やさ》しく包み込《こ》むような感覚と、郷愁《きょうしゅう》にも似《に》た感覚だ。

大量のピーナッツは、廊下《ろうか》から階段《かいだん》へと溢《あふ》れた。しかし、下階に向かうのではなく、ピーナッツ達が一つの意志《いし》を持つ生き物のように、上階へと向かう。地中に潜《もぐ》った落花生は、再《ふたた》び地上の光を求めようとしているのだろうか。

ピーナッツは、遂《つい》に迎手《ゲーテ》まで侵入《しんにゅう》する。メフィストさんの店をピーナッツまみれにして、更《さら》に外へと繰《く》り出した。

寒い外気を覚悟《かくご》していたが、ピーナッツに包まれているせいか全く気にならない。通行人が足を止めて、携帯端末《けいたいたんまつ》を取り出す。そのシャッターを切る姿《すがた》は、徐々《じょじょ》に小さくなっていった。

違《ちが》う。僕《ぼく》の目線が高くなっているんだ。

通行人はもう見えない。僕《ぼく》の目線は、地上を見下ろすタワーマンションと同じ高さになっていた。

タワーマンションの住民が、バルコニーから出てこちらを撮影《さつえい》している。だが、次の瞬間《しゅんかん》、『僕《ぼく》』から発せられたビームによって、手にしていた携帯端末《けいたいたんまつ》はピーナッツになってしまった。

「チバニアンが、巨大化《きょだいか》している……」

オフィスの大きな窓《まど》に映《うつ》った『僕《ぼく》』を見て、意識《いしき》がピーナッツの中に没《ぼっ》しそうになる。

そこには、巨大《きょだい》な赤い犬のような生き物の姿《すがた》があった。愛嬌《あいきょう》のある顔で、池袋《いけぶくろ》の空を背景《はいけい》に佇《たたず》んでいる。いいや、聳《そび》えているという表現《ひょうげん》の方が的確《てきかく》かもしれない。

その時、また、郷愁《きょうしゅう》にも似《に》た感情《かんじょう》が芽生えた。

チバニアンは池袋《いけぶくろ》駅の方角を振《ふ》り向く。否《いや》、見ているのはその先の、東京湾《わん》の方角か。

「まさか……」

チバニアンは歩き出す。お世辞にも長いとは言えない足で、のしのしと大地を踏《ふ》み締《し》めていた。

「ま、待ってくれよ！」

チバニアンの足元では、人間が逃《に》げ回っている。メトロの出口から出て来たビジネスマンも、ぎょっとした顔で回れ右をしていた。

路上駐車《ちゅうしゃ》をしていた車を、チバニアンの足が踏《ふ》みつける。その途端《とたん》、車はピーナッツの塊《かたまり》と化してしまった。

僕《ぼく》が目を丸くしている最中も、怪《あや》しいお店が入る雑居《ざっきょ》ビルに、チバニアンの膝《ひざ》がぶつかる。その途端《とたん》、雑居《ざっきょ》ビルの中からピーナッツが溢《あふ》れ、いかがわしい看板《かんばん》もまたピーナッツになってしまった。

「止まって！　止まってくれよ！」

このままでは、池袋《いけぶくろ》駅にぶつかってしまう。それこそ、今まで以上の大惨事《だいさんじ》になるだろう。

僕《ぼく》は必死に止めようとする。すると、チバニアンの足が、ぴたりと止まった。

「あっ、良かっ……」

声が届《とど》いたのかと思った。意思が通じたのかとも思った。だが、次の瞬間《しゅんかん》、僕《ぼく》は勢《いきお》いよく空中に放り出されていた。

「へ？」

今まではチバニアンの視点《してん》で世界を見ていたけれど、今は、目の前にチバニアンがいる。そして、眼下《がんか》には池袋《いけぶくろ》のビル群があった。

もしや、吐《は》き出されたのか。その証拠《しょうこ》に、手足の感覚も戻《もど》っていた。重力に引《ひ》っ張《ぱ》られ、急降下《きゅうこうか》する感覚が。

「うわあああ！」

池袋《いけぶくろ》の上空に放られた僕《ぼく》は、有《あ》りっ丈《たけ》の声で悲鳴をあげる。

「カズハーっ！」

マキシの声がした気がする。走馬灯《そうまとう》の一種だろうか。

しかし、それは現実《げんじつ》だった。落下する僕《ぼく》は、飛んで来たマキシに抱《かか》えられる。

「マキシ！」

「口を閉《と》じていろ」

マキシは僕《ぼく》をぎゅっと抱《だ》きしめると、近くのタワーマンションに向かって右手を構《かま》える。ロケットパンチでも繰《く》り出すつもりなのだろうか。

案《あん》の定《じょう》、マキシはタワーマンションのバルコニーに向けて右手を放つ。しかし、その右手にはワイヤーがついていた。

「あっ！」と思わず僕《ぼく》は叫《さけ》ぶ。

「ファウストに改造《かいぞう》して貰《もら》った」

ワイヤーのお陰《かげ》で宙《ちゅう》ぶらりんになった僕達《ぼくたち》は、何とか落下を免《まぬか》れた。マキシはワイヤーを巻《ま》いて、右手を引っかけたバルコニーまで僕《ぼく》を運ぶ。

「ああ、死ぬかと思った……」

「カズハは死なせない」

よそ様の家のバルコニーでへたり込《こ》む僕《ぼく》に、マキシはクールにそう言った。

「助かったよ、ありがとう」

「役に立てたのならば何よりだ」

マキシは、心なしか安堵《あんど》したような顔をしていた。

一方、チバニアンは池袋《いけぶくろ》駅を目指して歩き出すところだった。「まずい」と僕《ぼく》はバルコニーから身を乗り出す。

そんな僕《ぼく》の背中《せなか》に、マキシが言う。

「今、自衛隊《じえいたい》が出動したとの情報《じょうほう》を得《え》た。チバニアンは自衛隊《じえいたい》によって鎮圧《ちんあつ》されるだろう」

「自衛隊《じえいたい》……」

市ヶ谷《いちがや》方面から、軍用ヘリの音が聞こえたような気がした。

「出来ることならば、武力行使《ぶりょく》を避《さ》けたかったが」

マキシは目を細める。あまり変わらないはずの表情《ひょうじょう》も、チバニアンを憂《うれ》えているように見えた。

「ダメだ。武力《ぶりょく》行使なんて……」

「だが、池袋《いけぶくろ》がピーナッツの海に沈《しず》むことは避《さ》けなくてはいけない」

「それは勿論《もちろん》さ。でも、武力《ぶりょく》行使をする以外の道もある！　チバニアンが、何をしたいかが分かったんだ！」

「何……!?」

「チバニアンは、自分が見つかった場所に還《かえ》りたいんだよ！」

僕《ぼく》の言葉に、マキシは驚《おどろ》いたように目を見開く。

その背後《はいご》の窓《まど》ガラス越《ご》しに、マンションの住民が僕達《ぼくたち》を怯《おび》えた目で眺《なが》めつつ、警察《けいさつ》に通報《つうほう》する姿《すがた》も見えたのであった。

池袋警察署《いけぶくろけいさつしょ》の皆《みな》さんが来る前に、僕《ぼく》はマキシに抱《かか》えられて馬鐘荘《バベルそう》へと戻《もど》る。

迎手《ゲーテ》の扉《とびら》からはピーナッツが山となって溢《あふ》れ、メフィストさんの怪《あや》しげな家庭菜園は、ピーナッツに埋《う》もれて滅茶苦茶《めちゃくちゃ》になっていた。唯一《ゆいいつ》の救《すく》いは、ピーナッツがあの固い殻《から》に覆《おお》われているので、路上に転がっても中身は食べられるということか。

「葛城《かつらぎ》！」

僕《ぼく》の姿《すがた》を見るなり、加賀美《かがみ》が叫《さけ》ぶ。腕《うで》の中で、タマが「くるっくるっ！」と羽毛《うもう》をぴょこぴょこと揺《ゆ》らして声をあげた。

「ああ、良かった。無事に帰って来たね」

エクサは、僕《ぼく》が五体満足で帰って来たのを確認《かくにん》する。

「ごめん、心配をかけて」

「カズハ君が謝《あやま》ることはないんじゃない？　その時の状況《じょうきょう》は聞いたけど、チバニアンは僕達《ぼくたち》が想像《そうぞう》したよりも遥《はる》かに恐《おそ》ろしい存在《そんざい》だったし」

エクサは、迎手《ゲーテ》からも見えるチバニアンの背中《せなか》を眺《なが》めながら、溜息《ためいき》まじりに言う。

「それにしても、カズハ君がいなくなった時、カオルさんなんて半泣きでさ」

「な、泣いてないし！」

加賀美《かがみ》は、目をごしごしと擦《こす》ってから反論《はんろん》する。よく見れば、目が赤くなっていた。

「心配してくれてありがとう。心配させた分は、後で清算するから」

よく見れば、周囲《しゅうい》にはアパートの住民がちらほらといた。皆《みな》、ピーナッツから逃《のが》れるために地上に避難《ひなん》したのだろう。メフィストさんとファウストさんは、迎手《ゲーテ》の入り口を塞《ふさ》ぐピーナッツの山と、チバニアンを交互《こうご》に眺《なが》めつつ、頭を抱《かか》えていた。いや、悩《なや》ましい顔をしているのはメフィストさんだけだったけど。

「メフィストさん、ファウストさん！」

「おお、カズハ君！　無事だったか！　チバニアンの中はどうだった？」

ファウストさんは好奇心旺盛《こうきしんおうせい》な顔で、真っ先に感想を尋《たず》ねる。

「それなんですけど、チバニアンが何処《どこ》を目指しているのかが分かったんです！」

「何ですって？」とメフィストさんが目を見開く。

「チバニアンは、自分が発見された場所を目指しているんですよ。どうやら、そこに還《かえ》りたいみたいです」と、僕《ぼく》はチバニアンの中にいた時に感じた郷愁《きょうしゅう》を思い出す。

それを聞いたメフィストさんは、「ふむ」と腕《うで》を組んで考える。

「チバニアンの化身《けしん》にとって、養老川沿《ようろうがわぞ》いのあの地層《ちそう》は始まりの場所ですからね。あるべき姿《すがた》に戻《もど》ろうとしているということですか」

「自然の自浄《じじょう》作用のようなものだな」

ファウストさんは感心したように言った。

「だが、放置しておけば問題が発生する。目的地に到達《とうたつ》するまでに、池袋《いけぶくろ》駅やサンシャイン60、東京スカイツリーなどの主要な建設物《けんせつぶつ》がある。そして、人間の住まいも」

マキシは、緩慢《かんまん》に進むチバニアンの背中《せなか》をねめつける。チバニアンにその気が無くても、甚大《じんだい》な被害《ひがい》を引き起こすかもしれない。

「だから、メフィストさん！」

僕《ぼく》はメフィストさんにすがりつく。「ひぃ、なんですか！」とメフィストさんはのけぞった。

「チバニアンを、地層《ちそう》のある養老川沿《ようろうがわぞ》いまで魔法《まほう》で転送してくれませんか!? そうすれば、被害《ひがい》は拡大《かくだい》しないはず！」

「ああ、成程《なるほど》。それは名案だ！」と膝《ひざ》を打ったのはファウストさんだった。

でも、メフィストさんは渋《しぶ》い顔をする。

「しかし、あの大きさを転送出来るかどうか……。それに、アパートの中のピーナッツを外に出すのに使おうと思っていたんです」

メフィストさんの転送魔法《まほう》は、一日に一回が限度《げんど》だ。チバニアンに使ってしまうと、今日はもう、転送魔《ま》法《ほう》を使えない。

「アパートの中の人は？」

「まだ、何人かいますね。チバニアンが上階に向かったので、下階はほとんど埋《う》まってないはずですが、このままでは出られませんし」

「いや、出られる」

ファウストさんは、今思い出したかのようにそう言った。

「は？」

「裏口《うらぐち》があった。あと、西口公園地下の秘密基地《ひみつきち》まで掘《ほ》った通路もある」

思い出した。西口公園の地下から、ファウストさんお手製《てせい》の足漕《あしこ》ぎロボが登場したことがある。あれは、アパートと繋《つな》がっていたのか。

「そこから入って、住民を避難《ひなん》させよう。チバニアンを見届《みとど》けた後に！」

ファウストさんは、目を輝《かがや》かせながら言った。メフィストさんは反論《はんろん》の一つでもしたそうな顔をするものの、「ええい！」と諦《あきら》めた。

「さっさとチバニアンを転送させますよ！　マキシマム君、エクサ君、どちらでもいいので、私《わたし》を魔法《まほう》の射程内《しゃていない》まで連れて行ってください！」

メフィストさんの呼《よ》びかけには、エクサが手を上げた。

「ならば、僕《ぼく》が。道路を走って行くのはじれったいだろうしね。ビルの上を飛んで行こう」

その意見には、マキシも深く頷《うなず》いて賛成《さんせい》する。

「エクサは飛行が可能《かのう》だ。俺《おれ》だと、チバニアンに向かってメフィストを投げることになる」

「やめてくださいよ。繊細《せんさい》なんですから……」

マキシが導《みちび》いた最速の移動手段《いどうしゅだん》に、メフィストさんは震《ふる》えた。

エクサは、メフィストさんをおんぶする。曇《くも》り空《ぞら》に、複数《ふくすう》のヘリコプターの翼《つばさ》の音が響《ひび》き渡《わた》った。池袋《いけぶくろ》駅に触《ふ》れんばかりのチバニアンの下《もと》へ、自衛隊《じえいたい》が到着《とうちゃく》したのだ。

「まずい！　自衛隊《じえいたい》の皆《みな》さんが到着《とうちゃく》しちゃった！　メフィストさん、エクサ、早く！」

「分かってる！」

僕《ぼく》にそう叫《さけ》びつつ、エクサはメフィストさんをおんぶしたまま飛翔《ひしょう》する。彼《かれ》らは僕《ぼく》達が着地したタワーマンションの屋上へと消えて行った。

「上手《うま》く行ってくれよ……！」

僕《ぼく》は祈《いの》る。

神様にではない。メフィストさんとエクサにだ。

そんな僕《ぼく》の肩《かた》を、マキシはポンと叩《たた》く。

「大丈夫《だいじょうぶ》。あの二人ならやれる」

「うん」

次の瞬間《しゅんかん》、カッとチバニアンが光ったかと思うと、赤い巨体《きょたい》は嘘《うそ》のように消えていた。

「見て、あれ！」

加賀美《かがみ》が声をあげる。

遥《はる》か遠くに、光の柱が見えた。

天まで届《とど》くそれは、千葉県の養老川沿《ようろうがわぞ》いから発せられているものなのだと、僕《ぼく》は直感的に思った。

「どうやら、あるべき場所に戻《もど》れたようだな」

満足したように、ファウストさんが言った。

僕《ぼく》はその光の柱が消えるまで、ずっと見つめていた。

ふと、清涼《せいりょう》且《か》つ幽玄《ゆうげん》たる川の流れと、緑に囲《かこ》まれた崖《がけ》の様子が頭を過《よ》ぎる。きっと、これがチバニアンが見つかった露頭《ろとう》とやらなのだろう。

ぬくもりが溢《あふ》れる光の柱が消える頃《ころ》には、豊島区《としまく》の上空を渦巻《うずま》いていた雲はすっかり消え、あたたかい日差しが射《さ》していたのであった。


豊島区《としまく》に春が戻《もど》った。

チバニアンは元の場所に還《かえ》ったけれど、ピーナッツは消えなかった。そのお陰《かげ》で、騒動《そうどう》の後にはアパートの住民達で、雪かきならぬピーナッツかきをしなくてはならなかった。

メフィストさんは勿体無《もったいな》いからと言って、回収《かいしゅう》したピーナッツでひたすらピーナッツ料理を振《ふ》る舞《ま》ってくれた。ピーナッツを使ったオリジナルレシピをネットに公開したらしいが、なかなか好評《こうひょう》だったと上機嫌《じょうきげん》だった。

「メフィストさんはもう、悪魔《あくま》じゃなくて主夫だよなぁ……」

そうぼやきつつ、初夏の日差しに迎《むか》えられながら、僕《ぼく》は地上へと出る。メフィストさんの家庭菜園は、すっかり元通りになって、怪《あや》しげな植物も元気に陽光を浴びていた。

「カズハ、忘《わす》れ物《もの》だ」

敷地《しきち》から出ようとした僕《ぼく》を、マキシが呼《よ》び止める。彼《かれ》が放ったファイルを、僕《ぼく》は慌《あわ》てて受け止めた。

「あ、ありがとう！　課題のレポート、忘《わす》れるところだった！」

「気を付けて行って来るといい」

「うん」

僕《ぼく》は頷《うなず》きつつ、ハッとあることを思い出した。

「そうだ、マキシ。今週末、何処《どこ》かに出かけない？」

「ああ。何処《どこ》へ？」

「行きたい場所は、二か所あるんだ。先《ま》ずは、チバニアンの地層《ちそう》が発見された養老川《ようろうがわ》まで。まあ、素人《しろうと》が見てもよく分からないらしいけど、その当時の堆積物《たいせきぶつ》がむき出しになってるって、浪漫《ろまん》があるじゃん？」

「肯定《こうてい》しよう。現代《げんだい》に居《い》ながらにして過去《かこ》に触《ふ》れられるというのは、稀有《けう》なことだ」

マキシは、噛《か》み締《し》めるように深く頷《うなず》いた。

「そして、もう一か所は？」

「秩父《ちちぶ》にでも行こうと思うんだ。あそこは地質《ちしつ》が面白《おもしろ》いんだってさ」

「埼玉県──カズハの故郷《こきょう》か」

「まあ、僕《ぼく》は秩父《ちちぶ》の人間じゃないんだけどね。でも、自分の住んでいる県について、知らないことが沢山《たくさん》あるなと思って。それらを知っていくことで、故郷《こきょう》を誇《ほこ》れるようになるのかなって」

「違《ちが》いない」

マキシは頷《うなず》く。その表情《ひょうじょう》は、微笑《ほほえ》んでいるように見えた。

いつか、埼玉についてむやみやたらに語れるようになりたい。僕《ぼく》は、鞄《かばん》につけた赤い犬のような生き物のアクリルキーホルダーを見つめる。

初夏の陽光は、そんな僕《ぼく》らにも等しく降《ふ》り注《そそ》いでいた。

メフィストさんの菜園の一角では、落花生《らっかせい》の新芽がそよ風に揺《ゆ》れていたのであった。

本書は２０１９年１月にポプラ社より刊行された、『地底アパートの咲かない桜と見えない住人』
（ポプラ文庫ピュアフル）を特装版にしたものです。

著　蒼月海里（あおつき・かいり）

宮城県仙台市生まれ、千葉県育ち。日本大学理工学部卒業。元書店員の小説家。著書に「幽落町おばけ駄菓子屋」シリーズ、「華舞鬼町おばけ写真館」シリーズ（以上、角川ホラー文庫）、「幻想古書店で珈琲を」シリーズ、『稲荷書店きつね堂』（以上、ハルキ文庫）、「深海カフェ　海底二万哩」シリーズ（角川文庫）、「夜と会う。」シリーズ（新潮文庫nex）、「水晶庭園の少年たち」シリーズ（集英社文庫）など多数ある。

イラスト　serori
装丁原案　西村弘美
カバーデザイン　大澤葉（ポプラ社デザイン室）　本文デザイン　高橋美帆子（ポプラ社デザイン室）

特装版　蒼月海里の「地底アパート」シリーズ4
地底アパートの咲かない桜と見えない住人

2020年4月　第1刷

著　蒼月海里
発行者　千葉 均
編　集　門田奈穂子
発行所　株式会社ポプラ社
〒102-8519　東京都千代田区麹町4-2-6
電　話　（編集）03-5877-8108
（営業）03-5877-8109
ホームページ　www.poplar.co.jp
印刷・製本　中央精版印刷株式会社

ISBN978-4-591-16563-8　N.D.C.913/206p/20cm

P4156004